Konstadinos Arabatjis

Unsichtbare Zimmer

Wahre Geschichten aus den Schatten der Stadt

Übersetzt aus dem Griechischen vom Autor

Impressum

Titel: *Unsichtbare Zimmer*
Wahre Geschichten aus den Schatten der Stadt

Autor: Konstadinos Arabatjis

ISBN: 978-3-8192-8175-4

Verlag:
BoD · Books on Demand GmbH, Überseering 33,
22297 Hamburg, bod@bod.de
Druck:
Libri Plureos GmbH, Friedensallee 273, 22763 Hamburg

Covergestaltung & Satz und Layout: Konstadinos Arabatjis

Dank

Ich danke den Menschen, die mir ihre Nähe schenkten
– für eine Weile, ein Wort, ein Blickpaar, das sich nicht
senkte. Den Stillen, den Zornigen, den Verletzten –
die mir vertrauten, ohne Sicherung, ohne Maske.

Ich danke jenen, die mir erlaubten, über ihre Wunden zu
wachen, nicht um sie zu heilen, nur um da zu sein.
Den Kolleginnen und Kollegen, die neben mir standen,
wenn ich im Nebel tastete.
Den Freundinnen und Freunden, die das Ungesagte
mittrugen, ohne es zu zerreden.
Und dem Leben – für all diese Begegnungen, die mich
verändert haben.

Dieses Buch gehört den Unsichtbaren.
Denen, die verschwunden sind – aber eine Geste hinterließen,
ein Lächeln, einen Satz, der sich wie eine Kerze in dunklen
Zimmern erinnert.

Anmerkung

Die Geschichten dieses Buches basieren
– in ihrem Kern – auf wahren Erlebnissen.
Namen wurden verändert. Einzelheiten angepasst.
Nicht um etwas zu beschönigen,
sondern um Menschen zu schützen.
Die Wirklichkeit ist geblieben –
und vielleicht ist sie gerade dort am stärksten,
wo sie sich nicht beim Namen nennen lässt.

Περιεχόμενα

Dank   *5*

Anmerkung   *5*

Pause   *7*

Herakles   *24*

Emine   *52*

Der Ägypter   *56*

Der Lehrer, der die Griechen liebte   *67*

Der Freund der Bücher   *83*

Mitchell   *88*

Die serbischen Schwestern   *97*

Die Oma mit den Wellensittichen   *110*

Notiz des Autors   *117*

Pause

Stille an der Tür.

Sie antwortete nicht auf das Klopfen.

Die Tür öffnete sich langsam, vorsichtig, als hätte auch sie Angst, mit Lärm in eine Welt einzudringen, die sich abgeschnitten hatte.

Eine Welle aus Dunkelheit umhüllte uns. Die Luft im Zimmer war dick – schwer, modrig, fast unsichtbar. Man musste sich anstrengen, um atmen zu können.

– Nanda? Nanda, wir kommen jetzt rein, ja? Die Sozialarbeiterin machte zwei Schritte ins Zimmer.

Keine Antwort.

– Nanda, hörst du mich? Ich mache jetzt das Licht an, einverstanden?

– Mhhh…, ein dumpfer Laut war zu hören. Wie das Murmeln eines Kindes, das nicht geweckt werden will.

Das Licht ging an – und der Raum offenbarte sich. Oder besser: verriet ihren inneren Zustand.

Verstreute Kleidung, hingeworfene Schuhe, durcheinandergewirbelte Papiere, leere Verpackungen, Zigaretten, Asche.

Der einzige Stuhl stand schräg neben dem Bett und diente als Nachttisch – beladen mit verbrannten Überresten einer verzweifelten Normalität.

Die Sozialarbeiterin sah mich an und bedeutete mir mit einem stummen Kopfnicken: Kein Kommentar – noch nicht.

– Nanda, ich ziehe jetzt das Rollo hoch und mache das Fenster auf, ja?

Nanda antwortete nicht. Sie war unter der Bettdecke vergraben wie ein Körper in innerem Exil. Kaum hatte ich das Rollo gehoben, drang das Sonnenlicht entschlossen ins Zimmer. Es war ein frostiger, aber sonniger Dienstag im Dezember. Nanda drehte sich langsam und streckte den Kopf unter der Decke hervor.

– Guten Morgen, Nanda… Schau, was für ein schöner Tag es ist…

Ihr schwarzes Haar klebte an ihrem Gesicht. Es schien seit Wochen nicht gewaschen.

Ihre Augen, halb geöffnet, versuchten sich an das Licht zu gewöhnen, suchten nach den Gestalten im Raum.

Ihre Lippen versuchten zu sprechen – aber der Ton erstickte, bevor er ihren Mund erreichte. Wir konnten nicht verstehen, was sie sagte.

– Warte, ich hole dir ein Glas Wasser, sagte ich – vielleicht eher, damit sie meine Stimme hörte, als dass sie verstand.

Ich fühlte mich unbehaglich.

Das war ihr persönlicher Raum, ihr Rückzugsort – und wir waren eingedrungen. Schamlos, wenn auch mit guten Absichten.

Die kleine Kochnische erzählte dieselbe Geschichte: Schmutziges Geschirr, vergessene Töpfe, Flecken, Gerüche. Vergessene Spuren von Aufgegebenem.

Als sie es schaffte, ein paar Schlucke zu trinken, begann sie zu zittern.

Zuerst dachte ich, es lag an ihrem dünnen Unterhemd und der eisigen Zugluft. Ich wollte das Fenster schließen. Doch die Sozialarbeiterin hielt mich zurück. Mit einer diskreten Geste deutete sie auf die Decke neben dem Bett: Etwas war sorgfältig zugedeckt. Eine leere Wodkaflasche. Wir durften nicht darüber sprechen – nicht jetzt.

Die Stimme der Sozialarbeiterin kam ruhig, aber klar:

– Nanda, schau, wir machen eine Abmachung. Wir gehen jetzt ins Büro. Du gehst duschen, wäschst dir die Haare, ziehst frische Kleidung an. Dann gehst du rüber ins Einkaufszentrum und holst dir etwas zu essen. Wenn du kein Geld hast, gebe ich dir welches. Und danach kommst du ins Büro von Takis. Dort wirst du essen. Ich möchte, dass du vor ihm isst – damit er es sieht. Einverstanden?

Keine Antwort.

Nur ein gesenkter, dunkler, verschwommener Blick.

– Wir warten auf dich. In einer halben Stunde.

Wir gingen. Wir nahmen Bilder mit, die man nicht vergisst.

Diese Frau – ein Knäuel aus Fleisch, Erinnerung und Schweigen – bat um Hilfe, ohne ein Wort zu sagen. Ihr Blick weinte.

Das Brötchen und das Bonbon

Ich hatte nicht erwartet, sie so bald wiederzusehen.

Ich war in meinem Büro, versunken in Papierkram und Pflichten, als es an der inneren Glastür klopfte. Ich hob den Blick – und sah sie. Es war dieselbe Frau – und doch… nicht mehr dieselbe. Sie hatte sich die Haare gewaschen, andere Kleidung angezogen. Sie war sauber, ordentlich. Nur ihr Blick blieb gesenkt.

– Ich bin gekommen, um vor dir zu essen, sagte sie mit fast kindlicher Stimme, als bitte sie einen Lehrer um Erlaubnis.

Ich nickte, machte eine einladende Geste. Sie trat ein – vorsichtig, wie ein Gast in einem fremden Haus. Setzte sich an das kleine Tischchen, an dem wir sonst Bewohner empfingen. Ihre Bewegung war voller Respekt,

Scham und Demut zugleich. Sie zog ihren Körper zusammen, soweit es ging, als wolle sie unsichtbar werden. Aus einer kleinen Papiertüte holte sie ein Brötchen mit Aufschnitt. Sie versuchte, kein Geräusch zu machen. Ihre Bewegungen waren langsam, fast zeremoniell. Sie aß still, ohne mich anzuschauen.

Ich saß an meinem Schreibtisch, bewahrte ein weiches Schweigen – als schützte ich einen heiligen Raum. Eine halbe Stunde verging. Irgendwann bemerkte ich, dass sie fertig war.

– Bravo, Nanda. Sehr gut gemacht, sagte ich sanft – wie man zu einem Kind spricht, das seinen ersten Schritt getan hat.

Sie lächelte. Fast unmerklich. Ein Lächeln, das nicht gewollt war – ein Reflex. Ihr Blick blieb an etwas auf meinem Schreibtisch hängen – eine kleine Metalldose mit zuckerfreien Granatapfel-Bonbons. Sie hatte es bemerkt.

– Willst du eins? Darf ich dir eins schenken?

Keine Antwort.

Nur ihre Augen leuchteten plötzlich auf – als sei etwas tief Vergrabenes in ihr erhellt worden. Ich nahm die Dose, rollte mit meinem Stuhl zu ihr hinüber und öffnete sie über ihren Handflächen, die nun geöffnet dalagen wie ein kleiner Altar, ehrfürchtig bereit, das Geschenk zu empfangen. Ich ließ ein Granatapfel-Bonbon hineinfallen. Sie hielt das Bonbon, als erhielte sie gerade die heilige Hostie.

– Vielen Dank, flüsterte sie.

Sie stand auf, fast lautlos, und ging. Sie hatte ihren ersten kleinen Schritt zurück ins Leben gemacht – durch ein Stück Brot und ein Bonbon.

Die Angst vor der Überprüfung

Einige Tage waren vergangen. Nanda war inzwischen fast lautlos Teil unseres Alltags geworden. Sie sprach nicht viel, verlangte nichts – sie tauchte einfach auf.

Mal, um ihr Brötchen in meinem Büro zu essen, mal, um sich ihr einziges Bonbon abzuholen. Es war ein Ritual, das sie beruhigte. Sie verdiente sich das Bonbon. Sie hatte es sich verdient. Es war kein Akt des Mitleids – es war ein stilles System von Gerechtigkeit, das sie sich selbst erschaffen hatte. Sie war stärker geworden. Ihr Gesicht hatte ein wenig Farbe zurückgewonnen. Und mit Hilfe der Sozialarbeiterin hatte sie sogar eine kleine, leichte Arbeit gefunden – zwei Stunden am Tag. Ein seltener Triumph für jemanden in ihrer Lage: Verlässlichkeit, Sauberkeit, Anstrengung.

Bis eines Morgens. Wieder die Glastür, wie an allen anderen Tagen – und dahinter: Nanda. Doch diesmal… weinte sie. In der Hand ein Blatt Papier. Ihr Gesicht war angespannt, die Augen geschwollen, ihr Körper zitterte. Kaum hatte ich die Tür geöffnet, fiel sie über mich her – nicht aus Wut, sondern aus Verzweiflung. Das Papier in ihrer Hand fest umklammert, wie ein Amulett.

– Tu etwas… bitte… lass nicht zu, dass… lass mich mein Zimmer nicht verlieren… Bitte!

Sie hielt mich fest. Ich konnte sie nicht abwehren. Ich wollte es auch nicht.

Aber ich wusste nicht, wohin mit ihr. Das Büro war nicht der richtige Ort – aber sie allein zu lassen, das ging nicht.

Ich brachte sie in die Pförtnerloge. Dort, vor den Blicken der Vorbeigehenden, fühlte sie weniger Nähe – aber mehr Scham. Und genau das hielt sie vor weiteren Ausbrüchen zurück.

Ich schaffte es, ihr das Papier aus der Hand zu nehmen. Es war die übliche Mitteilung zur Kontrolle des Vorliegens der Voraussetzungen für ihren Aufenthalt in der Unterkunft – vor allem im Einzelzimmer.

Ein schlichtes Schreiben, fast verwaltungstechnisch – für uns Routine. Für Nanda: ein Urteil auf Bewährung. Ich versicherte ihr, dass alles in Ordnung sei, dass die Voraussetzungen erfüllt seien, dass ihr Aufenthalt verlängert werde. Aber sie glaubte mir nicht.

– Ich werde in einer Stunde bei der Behörde anrufen, sagte ich. Vertrau mir.

Sie sah mich an wie ein Kind, das am Weihnachtsmann zweifelt, aber sich so sehr wünscht, zu glauben.

Tatsächlich – als die Büros öffneten, rief ich an. Alles war in Ordnung. Die Verlängerung wurde sofort genehmigt. Das Schreiben sollte noch am selben Tag per E-Mail kommen. Nichts würde sich ändern.

Kurz darauf kehrte sie in ihr Zimmer zurück.

Aber wie erklärt man das jemandem, dessen Seele den Verlust wie eine innere Gewissheit in sich trägt? Ich durfte nicht allein in ihr Zimmer – das war nicht erlaubt. Die Sozialarbeiter kamen an diesem Tag zu spät. Also schickte ich ihr eine Nachricht: Sie solle in die Pförtnerloge kommen. Dort sagte ich es ihr.

Die Erleichterung auf ihrem Gesicht war etwas, das ich nie vergessen werde. Sie weinte nicht – sie lächelte. Tief, ehrlich, warm – als sei sie im letzten Moment gerettet worden von etwas, das keinen Namen trägt.

– Weißt du… meine Eltern haben eine kleine Wohnung hier in der Nähe. Sie sind fast immer in Kroatien. Nur für Arzttermine kommen sie nach München… Ich könnte dort wohnen. Aber ich kann nicht! Ich will nicht!

Ihre Stimme begann plötzlich zu eilen – ein Strom. Worte, die sie lange verborgen hatte.

– Ich kann dort nicht wohnen! Ich kann nicht!

Plötzlich umarmte sie mich und weinte. Nicht wie jemand, der Hilfe erbittet – sondern wie jemand, der in sich ertrinkt und endlich schreit.

Und ich? Ich war nur der Hausverwalter. Kein Psychologe, kein Sozialarbeiter. Aber sie sah mich an, als wäre ich jemand, der zuhören musste – wenigstens für einen Moment. Ich sagte nichts. Ich durfte auch nichts sagen. Aber in diesem Moment verstand ich, dass ein Mensch am Leben bleiben kann – allein durch ein – Ich sehe dich. Und – vielleicht – durch ein Granatapfel-Bonbon.

Der Blick der Scham

An diesem Morgen war ich gerade erst im Büro angekommen. Allein, wie immer um diese Uhrzeit. Ich zog meinen Mantel aus – da sah ich sie: Nanda. Sie stand an der Glastür.

Ihr Zustand war schlimm. Die Augen rot, die Lippen bebend. In der Hand hielt sie ein Schriftstück – doch nicht wie ein behördliches Papier, sondern wie eine Waffe. Oder ein Beweisstück.

Als ich ihr öffnete, fiel sie vor mir auf die Knie.

– Bitte… meine Mutter darf nicht erfahren, wo ich wohne… Sie darf es nicht wissen!

Sie weinte. Sprach unter Schluchzen. Sie fiel wortwörtlich zu Boden, zu meinen Füßen, mit aller Kraft. Klammerte sich an mich, als hinge ihre Existenz von mir ab.

– Wir werden ihr nichts sagen, sagte ich.

– Ich verspreche es dir.

Sie hob den Blick. Ihre Augen: zwei dunkle Seen voller Angst und Scham.

– Sie darf es nicht wissen. Sie würde mir nicht glauben… Sie würde mich beschuldigen… Sie würde sagen, ich sei selbst schuld… Ich verstand noch nicht ganz, was sie meinte. Aber ihr Mund hörte nicht auf zu sprechen:

– Ich war ein Kind. Es war Krieg. Sie haben mich eingesperrt. Zwölf Tage. Ich konnte nicht weg. Ich wollte weg. Sie ließen mich nicht. Ich schäme mich. Ich schäme mich so sehr…

Ich blieb stumm. Ich wusste nicht, ob ich sie unterbrechen oder sie einfach weiterreden lassen sollte. Doch Nanda musste reden. Nicht zu mir – zu irgendjemandem. Und ich war einfach nur da.

– Mein Onkel… meine Cousins… die Freunde meines Vaters. Alle. Zwölf Tage lang. Sie haben mich geschlagen. Vergewaltigt. Gefesselt. Zwölf Tage in einer Wohnung neben unserem Haus.

Sie hielt inne. Ihr Gesicht wie erstarrt. Die Augen abwesend. Sie war nicht mehr hier. Sie war dort – damals.

– Nach zwölf Tagen ließen sie mich gehen, als… als sie von mir genug hatten. Ich war ein Kind. Sie haben mich rausgeworfen. Ich ging nach Hause. Meine Mutter fragte nichts. Sie sagte nur:

– Wasch dich. Zieh dich an. Dein Vater darf dich so nicht sehen.

Ich versuchte, ihr ein Glas Wasser zu geben. Sie trank es in einem Zug. Als trinke sie die eigene Erinnerung.

– Am selben Abend bin ich nach Deutschland gegangen. Eine Freundin nahm mich mit. Ich wusste nicht, wohin. Ich wollte nur weg. Vergessen.

Ich sagte kein Wort. Es gab nichts zu sagen. Nanda stand auf – ohne mich anzusehen. Ihr Gesicht war ruhig, fast gelöst. Sie verließ die Pförtnerloge und stieg in den Aufzug. Auf dem Display stoppte das Licht bei der Drei. Ihr Zimmer.

Ich blieb stehen – mit dem Glas noch in der Hand. Ich fühlte Scham. Nicht für sie. Für die ganze Welt. Für mein Geschlecht. Für das Schweigen der Menschen.

Nandas Beichte lag wie eine zerbrochene Schalte auf dem Boden. Und ich wusste: Ich konnte sie nicht zusammensetzen. Aber ich konnte mich zu ihr setzen. In die Nähe. In die Stile. In die Scham. Der Körper gibt auf, doch der Blick, der Blick bleibt.

Nanda hatte mir etwas anvertraut, das sie niemandem je erzählt hatte. Und ich – ich wusste nicht warum. Vielleicht, weil ich sie nicht zum Reden gezwungen hatte. Vielleicht, weil ich sie nicht verurteilt hatte. Vielleicht nur, weil ich da war. Manchmal genügt es, einfach da zu sein.

Das Bonbon als Hoffnung

Die Tage vergingen – seltsam still.

Nanda beschäftigte uns nicht mehr. Sie hatte nicht wieder zu trinken begonnen – zumindest nicht sichtbar. Die Pförtner sahen sie gelegentlich: wie sie kleine Spaziergänge machte, zur Arbeit ging. Manchmal rauchte sie unter dem Vordach. Sie sprach kaum.

Aber jeden Morgen, zur selben Zeit, stand sie an der Glastür meines Büros. Klopfte leise und wartete.

– Darf ich mein Brötchen hier essen?

oder

– Ich hab schon gegessen. Darf ich ein Bonbon…?

Der Ablauf war heilig geworden. Sie verlangte nichts weiter. Berührte nichts im Raum. Schaute nicht fordernd, fragte nicht. Nur ihre Hände öffneten sich – wie beim ersten Mal – und warteten.

Und ich gab ihr jedes Mal ein Bonbon. Nie zwei. Und sie bat auch nie um ein zweites. Es war nicht nötig. Denn es ging nicht um Zucker, nicht um Granatapfel. Es war etwas anderes. Es war der Triumph eines Versuchs, die Belohnung eines unsichtbaren Kampfes. Es war das Einzige, was sie sich nehmen durfte, ohne dass man sie bedauerte. Und das – das schien wichtig.

Nanda war süchtig geworden nach der Routine – nicht so, wie man süchtig nach einer Substanz wird, sondern so, wie eine Seele, ausgetrocknet nach Beständigkeit, sich an einen festen Punkt klammert.

Sie kam jeden Morgen. Saß still. Aß ihr Brötchen langsam, lautlos, mit dem Blick auf die Ecke des Tisches gerichtet. Und dann, öffnete sich ihre Hand. Nie Worte, nie Forderungen. Nur diese geöffneten Handflächen – wie eine stille Bitte, wie ein Gebet.

Eines Morgens – ich war gerade angekommen. Der Raum noch still. Sie stand schon da. An der Tür. Ihr Gesicht hochrot, die Augen geschwollen. In der Hand hielt sie etwas – wieder ein Papier. Kaum hatte ich geöffnet, fiel sie mir schluchzend in die Arme.

– Bitte! Tu etwas! Ich darf mein Zimmer nicht verlieren! Sie dürfen mich nicht rauswerfen!

Es war dieselbe Prozedur wie damals: Wieder die Prüfung.

Dieselbe Form, dieselbe Routine. Aber für sie – jedes Mal ein neuer Prozess, ein neues Gericht, über ihr ganzes Leben. Sie wollte kein Essen. Keine Trostworte. Sie wollte Sicherheit.

Ich versicherte es ihr. Wieder. Und diesmal – ohne ein einziges weiteres Wort – streckte sie mir die Hand entgegen.

Sie sagte nichts. Ich beugte mich hinunter, nahm die kleine Metalldose, öffnete den Deckel und ließ ein Granatapfelbonbon in ihre offene Handfläche fallen. Ihr Gesicht hellte sich auf. Die Tränen trockneten sofort. Sie breitete die Arme aus – nicht, um mich zu umarmen, sondern um in sich selbst das Gleichgewicht wiederzufinden.

Das Bonbon war jetzt: Medizin. Oder Glaube. Oder ein Wunder. Ich sah sie tagelang nicht mehr im Büro. Aber ich wusste, sie war da. Und sie wusste, ich war auch da.

Und zwischen uns – wie ein unsichtbarer Faden – eine kleine Dose mit Granatäpfel-Bonbons und Schweigen.

Der Notfall

Ein paar Tage vergingen. Still. Unauffällig. Sie kam nicht mehr ins Büro. Auch nicht zur Sozialarbeiterin. Aber die Pförtner sahen sie. Sie ging zur Arbeit. Kam zurück. Zündete sich ab und zu eine Zigarette unter dem Vordach an. Dann, an einem kühlen Vormittag Ende Februar – es war gegen halb elf – stand plötzlich Slavo, ihr serbischer Nachbar, im Büro. Blass. Atemlos. Seine Stimme zitterte.

– Kommen Sie… bitte. Schnell. Mit Nanda stimmt etwas nicht.

Ich war sofort auf den Beinen. Der Leiter kam mit. Auch Maria, die junge Ehrenamtliche, schloss sich uns an. Wir rannten die Treppen hoch in den dritten Stock. Zimmertür 318.

Ohne anzuklopfen, öffneten wir. Da lag sie. Im Bett. Wach. Aber völlig starr. Ihre Augen – geweitet, glasig, flehend. Ein Blick, der alles sagte und nichts erklären konnte. Ein Blick, den ich nie vergessen werde.

Sie versuchte zu sprechen – doch der Mund gehorchte ihr nicht. Nur ein Krächzen, ein gepresstes Wimmern. Unverständliche Silben.

Ich trat näher. Sie sah nur mich. Sie streckte die Hand aus. Zitternd, tastend. Ich nahm sie. Und sie drückte zu. Stark. Unerwartet stark.

– Hast du Schmerzen? fragte ich. Sie schloss die Augen. Ein stilles: Ja.

– Wo?

Mit der anderen Hand tastete sie ihren Bauch. Ein altbekannter Schmerz – ihre Schwachstelle bei jedem Rückfall. Der Leiter rief den Notarzt. Die Haushälterin, die gerade vom Einkaufen zurückkam, rief:

– Ein Schlaganfall! Ganz sicher. Genauso war's bei meinem Vater!

Ich hörte nichts mehr. Nur das schwere Atmen der Frau vor mir. Das Gewicht ihrer Hand in meiner. Die Minuten dehnten sich ins Unendliche.

Dann die Sirene. Die Trage. Sanitäter. Ärzte. Technik. Stimmen. Sie trennten uns. Lösten unsere Hände. Zogen einen Vorhang aus grellem Licht zwischen uns. Ich drehte mich noch einmal um.

Ein letzter Blick. Sie war schon auf der Trage. Ein Laken bedeckte sie. Nur die Augen noch sichtbar.

Noch immer weit offen. Noch immer: mich suchend.

Die Sanitäter kämpften. Zweimal mussten sie sie reanimieren. Zweimal kehrte sie zurück.

Doch als sie versuchten, sie ins Freie zu bringen, gab es neue Hindernisse: Das Bett passte nicht in den Aufzug. Nicht durchs Treppenhaus. Man rief die Feuerwehr.

Ein Spezialfahrzeug kam. Mit Rettungskorb. Sie hoben sie durch das Fenster. Ich stand unten.

Direkt unter der Leiter. Hoffte auf einen Blick. Auf ein Zeichen.

Aber ich sah nur Technik. Tragen. Gurte. Geräte. Kein Gesicht. Kein Lächeln. Kein letzter Gruß. Dann war sie fort. Der Wagen heulte auf und verschwand. Und mit ihm: etwas, das ich nicht benennen konnte.

Der Morgen danach

Am nächsten Morgen saß ich allein im Büro. Früh wie immer. Noch war es dunkel draußen.

Da sah ich das kleine blinkende Symbol am Telefon. Ein Anruf. Ein aufgezeichnetes Gespräch. Ich drückte die Taste. Die automatische Stimme sprach:

– Sie haben… eine neue Nachricht…

Dann: ein Klick. Und eine Stimme. Klar. Ruhig. Fast sachlich.

– Guten Morgen, hier ist Dr. Heinrich vom Klinikum Marx. Ich muss Ihnen leider mitteilen, dass Frau Nanda heute früh verstorben ist. Bitte setzen Sie sich mit uns in Verbindung, damit wir das Weitere klären können. Mein herzliches Beileid.

Stille. Dann:

– Drücken Sie 5, um die Nachricht erneut abzuspielen. Drücken Sie 7, um sie zu löschen…

Ich drückte nichts. Ich starrte einfach nur. Ich stand auf. Ging ans Fenster. Draußen erste Fetzen Licht. Ein bisschen Wind. Und nichts – gar nichts – was dieses Gefühl mildern konnte.

Die Mutter

Wir hatten es erwartet. Wir wussten, dass sie kommen würde. Das Krankenhaus hatte es angekündigt – Nandas Mutter würde eintreffen, um den Leichnam zu übernehmen und – alles Weitere zu regeln.

Sie kam kurz nach Mittag. Gut gekleidet. Gepflegte Frisur. Eine Frau über siebzig, mit dezentem Make-up, klarer Aussprache, einer eleganten Handtasche einer teuren Marke. Nichts an ihrem Gesicht deutete auf Trauer hin. Kaum war sie eingetreten, reichte sie mir ihren Ausweis.

– Ich bin ihre Mutter. Ich bin gekommen, um ihre Sachen abzuholen.

Ich führte sie in den Konferenzraum – den einzigen Raum, in dem wir ein wenig Privatsphäre anbieten konnten. Ich bot ihr ein Glas Wasser an. Sie nahm es an – kühl, beinahe mechanisch, nicht aus Bedürfnis.

– Ich möchte nur ihre Tasche und den Ausweis. Den Rest können Sie wegwerfen oder wem auch immer geben.

Ich erstarrte.

– Sie möchten nichts behalten?

– Nein. Ich will mich nicht erinnern.

20

Sie sagte es mit solcher Endgültigkeit, dass keine Frage mehr Raum hatte. Doch ich konnte nicht anders – nicht für mich, sondern für sie.

– Es tut mir sehr leid um Ihren Verlust. Ihre Tochter war hier sehr geschätzt. Ein sehr lieber Mensch.

– Lieb? Sie hat mich gezwungen, hierher zu kommen. Eine Frau von über siebzig! Aus Kroatien bis nach München – nur weil sie es sich in den Kopf gesetzt hat, wie eine Bettlerin zu sterben!

Es war kein Zorn in ihrem Blick – es war Überheblichkeit, verkleidet als Enttäuschung. Als hätte ihre Tochter sie mit ihrem Tod beleidigt.

– Sie ist nicht in unsere Wohnung gezogen, nicht zu ihren Onkeln, die sie wie ein eigenes Kind geliebt haben. Nein – sie ist in ein Obdachlosenheim abgetaucht. Und was hat sie erreicht? Nichts! Nicht geheiratet, uns keine Enkel geschenkt, gar nichts erreicht!

Ich sagte kein Wort. Ich konnte nicht. Es war nicht nur der Schock – es war die Erkenntnis: Jetzt verstand ich Nandas „Ich schäme mich".

Die Mutter war der Grund. Nicht die Vergangenheit. Nicht die Onkel. Nicht das Grauen.

Die Kälte. Die Verleugnung. Die Arroganz.

Nachdem sie die Unterlagen unterschrieben und die Tasche genommen hatte, fügte sie beim Aufstehen trocken hinzu:

– Der Rest geht mich nichts an. Es interessiert mich nicht.

Als sie ging, stand Slavo hinter der großen, getönten Scheibe der Pförtnerloge.

Er schaute der Mutter Nandas beim stolzen, verärgerten Weggehen zu.

Ich sah ihn an – und mit meinem Blick gab ich ihm die Bestätigung: Ja, das war ihre Mutter.

Er brach zusammen. Wirklich. Ich brachte ihn in mein Büro, gab ihm Wasser, ließ ihn weinen. Wir sprachen kaum. Es war nicht nötig.

An diesem Tag war es der ruhigste Tag des Winters. Nicht, weil nichts geschehen war. Sondern weil alles gesagt war. Weil alles zu Ende war.

Und ich – ich fühlte nur eine Schwere. Die Schwere eines Lebens, das gehört werden wollte – und es erst ganz am Ende konnte.

Das letzte Bonbon

Zimmer 318 wurde gereinigt, geleert, sterilisiert. Nichts blieb zurück – keine Gerüche, keine Spuren.

Ich hatte die Anweisung, das Zimmer während der Räumung nicht zu betreten. Das war richtig. Aber nicht leicht.

Als man mir sagte, dass es nun bereit sei, für den nächsten Bewohner, ging ich hinein. Ich übertrat die Schwelle zögernd.

Alles war weiß, alles leer. Nichts, das verraten hätte, dass hier ein Mensch gelebt hatte – mit Wunden und mit Liebe.

Nur auf der Fensterbank – eine winzige Einzelheit. Ein vergessenes Ding. Oder war es absichtlich dort platziert?

Die kleine Metallbox mit den Bonbons. Zuckerfreier Granatapfel. Ich öffnete sie. Drinnen: ein einziges Bonbon. Das letzte.

Daneben: ein altes, an manchen Stellen eingerissenes Foto – so eines im Format von Ausweisdokumenten. Ich entfaltete es vorsichtig.

Auf der Rückseite standen zwei Worte, schief, unbeholfen, wie mit Tränen statt Tinte geschrieben: – Nanda = Hoffnung.

Ich schloss die Dose langsam. Ich behielt sie. Ich warf sie nicht weg. Es gab keine Bonbons mehr darin. Aber es war der Epilog einer Seele, die den Mut gefunden hatte, einen halben Schritt aus ihrem Schatten zu treten.

Und dieser kleine, scheinbar belanglose Akt – das Öffnen einer Handfläche, das Annehmen eines Bonbons – war zur Brücke geworden. Zur Hoffnung, wenn auch nur für einen Moment. Ich verließ Zimmer 318, ohne mich umzudrehen.

Doch etwas in mir blieb dort.

Herakles

Die erste Ankunft

März 2020 – Die Pandemie öffnet die Wunden der Vergessenen

Fast ein Monat war vergangen, seit der offizielle Beginn der Pandemie verkündet worden war. Die Straßen leer. Die Cafés verstummt. Eine seltsame Stille hatte sich über die Stadt gelegt – wie ein altes Laken, übersät mit Flecken aus Angst.

Alles war geschlossen – oder fast alles. Zu den wenigen Ausnahmen gehörten die Unterkünfte für Wohnungslose. Orte, an denen der Mensch nicht um Erlaubnis bitten musste, um zu existieren.

Meine Arbeit als Verwalter in einer solchen Einrichtung war plötzlich dichter geworden. Schwerer. Fast kostbar. Jeden Tag neue Gesichter, neue Geschichten. Kadaver des Systems mit noch warmen Herzen. Menschen, die bis gestern noch einen Hocker hinterm Tresen hatten, eine Uniform in der Küche, einen Wunsch für die Zukunft.

Jetzt standen sie mit einer Plastiktüte und zwei abgegriffenen Worten an unserer Tür. Unter ihnen war auch er. Herakles. Ein Grieche, etwa fünfzig Jahre alt, mit einem Gesicht, das vom Leben gezeichnet war, aber ruhig wirkte. In den Händen hielt er einen uralten Koffer – abgewetzt, fast symbolisch. Einer von denen, die mehr Vergangenheit zu tragen scheinen als Kleidung.

Meine Kolleginnen versuchten ihm bei den nötigen Papieren zu helfen, den üblichen Erklärungen und Anträgen. Doch bald riefen sie mich – der Mann sprach kein Deutsch. Kaum ein Wort.

Es überraschte mich nicht. Er hatte jahrelang als Küchenhilfe in einem griechischen Restaurant gearbeitet. Täglich eingeschlossen in der Küche, das Öl am Sieden, die Stimme des Chefs zischend wie ein überkochender Topf – wann hätte er da Zeit für Sprachkurse finden sollen?

Sein aktiver deutscher Wortschatz reichte mit Mühe für zehn Wörter. Er war einer dieser modernen Sklaven der Gastronomie, die nie gelernt hatten, was Gastfreundschaft für sie selbst bedeuten könnte.

Ich ging sofort in den Empfangsraum. Wenn es um Landsleute ging – oder Menschen mit ähnlichem Hintergrund –, musste ich Abstand halten. Keine Freundschaften, keine Vertraulichkeit – Unparteilichkeit war Gesetz.

Ich wusste, wie schnell man zum – Kumpel eines Bewohners werden konnte – und dann nicht mehr fair war, wenn dieser einen Mitbewohner sich mit einem anderen stritt oder Sonderrechte einforderte. Das würde der Bewohner wahrscheinlich sehen und selbst wenn nicht, die anderen Bewohner würden das denken.

Neben Herakles stand ein Freund von ihm, Sokrates – albanischer Herkunft, sprach aber fließend Griechisch. Ein williger Dolmetscher, doch wegen der Hygienebestimmungen durfte er nicht mit hinein. Die Pandemie war zum neuen Grenzpolizisten von allem geworden.

Herakles jedoch strahlte auf, als er mich in seiner Sprache sprechen hörte.

Sein Blick sagte: – Endlich – jemand, den ich verstehe.

Seine Stimme war leise. Seine Hände unbeholfen. Sein Herz – kindlich.

Schon in den ersten Minuten spürte ich: Ich hatte es mit einem Menschen zu tun, der nicht deshalb zum Opfer wurde, weil er naiv war – sondern weil er sich weigerte, die Welt als Kampfplatz zu begreifen.

Er konnte nicht mit Worten kämpfen. Und wenn er es doch versuchte, schlug er mit den Händen. Und dann wurde es teuer: Rauswurf aus der

Unterkunft, ungewisse Zukunft, Rückkehr zur Wohnungslosenhilfe auf der Suche nach einem neuen Platz – wenn überhaupt ein Platz frei war. Und wenn dann noch jemand da wäre, der Griechisch sprach?

Diese Möglichkeit schien unwahrscheinlich. Und ich konnte ihn nicht einfach so verlieren lassen.

– Herakles, sagte ich warnend, wenn dein Mitbewohner schwierig ist, und es ist gut möglich, dass er schwierig ist, dann kommst du zu uns. Du schlägst ihn nicht. Du schreist ihn nicht an. Du mischst dich nicht ein. Du hast schon genug zu tragen. Du brauchst nicht noch mehr.

– Ich soll also zusehen, wie er mich anmacht? sagte er, die Stimme ansteigend.

– Hey, langsam! Erstens hab ich gesagt: wenn. Und zweitens: Wenn du einen Aufstand machst, stehst du wieder vor dem Nichts. Und hier gibt's wenigstens einen, der dich versteht.

In seinen Augen sah ich, dass er meine Worte ernsthaft abwog. Sein Gesicht entspannte sich.

– Okay. Ich werde es versuchen. Ich will den Platz nicht verlieren. Ich habe keinen Ort, wo ich hinkönnte. Nicht mal nach Griechenland kann ich zurück. Kein Geld, und die Grenzen sind zu.

Ich drückte ihm die Schulter. Hinter seinen Worten lag etwas, das stärker war als Angst: Hoffnung.

Eine Flamme, die gerade erst ein wenig Sauerstoff gefunden hatte.

Der Mitbewohner und die erste Krise

Ruhig – das heißt nicht immer auch friedlich. Und auch die Wände haben ein Gedächtnis.

Das Zimmer, das ihm – wie immer durch die Behörde – zugeteilt wurde, war ein Zweibettzimmer. Herakles hatte keine Meinung dazu; er hatte eigentlich nie eine in seinem Leben. Er wählte nicht – ihm widerfuhr. Und meist zog er das schwerste Los.

Sein Mitbewohner war ein Mann mit deutschem Ausweis und einer albanischen Flagge über dem Bett. Warum, erfuhren wir nie. Vielleicht ein Zeichen der Zugehörigkeit. Vielleicht Ironie. Vielleicht einfach ein Versuch, Abstand zu halten.

Sein Ruf eilte ihm voraus. Schon drei Mitbewohner hatte er aus genau diesem Zimmer vertrieben. Die Beschwerden über sein Verhalten häuften sich – Gemurmel, Geschrei, Beleidigungen, nervöse Bewegungen, feindselige Stille.

Ein ehemaliger Mitbewohner hatte ihn — Professor der Folter genannt. Und tatsächlich – er war Dozent an einer Fachhochschule gewesen, welches Fach habe ich nie erfahren. Mir fiel ein, was mein alter Psychologieprofessor zu sagen pflegte: – Je klüger jemand ist, desto einfallsreicher sind auch seine Möglichkeiten jemanden zu quälen.

Als ich mit Herakles in den zweiten Stock hinaufstieg, wusste ich, dass ich etwas sagen musste. Nicht um ihn zu verängstigen – aber um ihn vorzubereiten. Doch die Regeln der Einrichtung verboten es strikt, einem Bewohner etwas über einen anderen zu sagen. Neutralität war Pflicht.

In mir jedoch kochte die Sorge. Herakles – so wie ich ihn bereits kennengelernt hatte – würde keine verbale Attacke ungerührt über sich ergehen lassen. Und seine Reaktion wäre kein sarkastisches Wortspiel.

Sondern direkt. Eine Faust. Ein Schrei. Und dann … wäre der Faden gerissen, bevor er überhaupt geknüpft war.

Ich konnte das nicht zulassen.

Ich blieb auf der Treppe stehen und sah ihm in die Augen.

– Herakles, hör mir gut zu. Wenn dein Mitbewohner etwas sagt, wenn es zu Spannungen kommt – egal was – reagiere nicht. Komm direkt zu uns. Heb nicht die Hand. Beleidige ihn nicht. Du willst doch hierbleiben, richtig?

– Das will ich, antwortete er. Aber ich bin auch nicht aus Stein.

– Du bist vielleicht nicht aus Stein, aber du kannst Geduld haben. Sag uns Bescheid – wir sammeln die Beweise. Nur so kann ich dir helfen. Wenn du ihm auf dieselbe Weise antwortest, verlierst du alles.

Er schwieg kurz. Senkte den Blick. Dann hob er den Kopf und flüsterte:

– Ich werde es versuchen. Ich will nicht wieder auf der Straße landen. Ich kann auch nicht zurück. In Griechenland habe ich nichts mehr. Kein Geld. Kein Zuhause. Und die Grenzen sind dicht.

Diese Worte waren so klar gesprochen, dass sie in meinen Ohren wie ein Schwur klangen.

Er trat zur Tür seines Zimmers. Wollte anklopfen. Ich hielt ihn zurück.

– Warte. Wir gehen gemeinsam rein.

Wir traten ein. Der Mitbewohner sagte kein Wort. Drehte sich nicht einmal zu ihm um.

Die Flagge an der Wand bewegte sich leicht im Luftzug des offenen Fensters. Eine schwere Stille legte sich über das Zimmer. Etwas knackte in mir.

Ich wusste: Diese Wohngemeinschaft war wie eine Lunte, von der man nie wusste, wann sie die Pulverladung erreicht.

Und dann – als wüsste auch Herakles selbst, dass er am Rand eines unsichtbaren Abgrunds stand – drehte er sich zu mir um und sagte:

– Darf ich dich was fragen?

– Natürlich, antwortete ich.

– Es ist mir peinlich, das zu sagen … aber ich habe nicht mal einen Euro. Könntest du mir zehn Euro leihen? Damit ich mir was zu essen kaufe … Du hast keine Ahnung, wie sehr ich mich schäme.

Ich sah ihn an. Seine Stimme zitterte. Seine Augen standen voller Tränen.

– Ich darf dir kein Geld geben, antwortete ich sanft. Das ist eine Regel.

Aber komm in zehn Minuten nach unten. Wir geben dir, was wir an Lebensmitteln aus den Spenden haben.

– Danke … Ich rauche erst eine Zigarette, dann komm ich runter.

Er ging mit gesenktem Kopf, aber ein Hauch von Erleichterung schien ihn zu begleiten. Ich blieb noch einen Moment im Zimmer. Sah die Flagge über dem Bett des anderen, der absolut bewegungslos da saß.

Ich wusste nicht, warum mich diese Stille mehr erschreckte als jede Stimme. Vielleicht, weil eine Stille, wenn sie feindlich ist, giftiger sein kann als jedes Geschrei.

Spaghetti und zwei Bananen

Man braucht keinen großen Reichtum, um Mensch zu sein. Nur ein wenig Seele.

Ich ging zusammen mit Maria ins Büro hinunter. Sie hatte die ganze Szene mit Herakles beobachtet. Sie war da, still, wortlos, als wäre sie gar nicht anwesend – weil unser Gespräch auf Griechisch lief und sie kein Wort verstand. Das dachte ich zumindest.

Doch als wir an der Tür zum Büro ankamen, sagte sie:

– Er hat nicht mal Geld, um etwas zu essen?

Ich sah sie erstaunt an.

– Woher weißt du das? Sprichst du Griechisch?

– Nein, antwortete sie lachend.

– Aber ich habe das Wort ‚Euro' gehört, und dann sah ich, wie du ihm den Weg zum Supermarkt gezeigt hast.

Und ehrlich gesagt – ich hab einfach seine Sachen gesehen. Er hatte nichts Essbares dabei. Nur einen halbleeren Koffer mit Kleidung.

– Aha … Madame Sherlock Holmes, sagte ich und lächelte.

Maria gehörte nicht zu den Kolleginnen, die für besondere Herzlichkeit bekannt waren. Sie hatte etwas Strenges an sich, eine gewisse Distanz. Vielleicht war es Selbstschutz. Vielleicht Abwehr.

Und doch – an diesem Tag öffnete sich ein unsichtbarer Teil ihrer Seele.

– Geben wir ihm ein paar Spaghetti aus den Spenden, sagte sie.

– Und Öl. Ketchup. Du weißt schon, das Nötigste. Und wir haben auch Bananen in der Küche. Geben wir ihm auch davon.

30

Wir sammelten alles, was wir finden konnten, in eine große Tüte: Spaghetti, Reis, Konserven, Öl, zwei Bananen und eine Packung Tee. Für einen Außenstehenden mag das kaum etwas gewesen sein. Aber ich wusste: Das war das erste Zuhause von Herakles.

Als wir fertig waren, blickten wir zur Glastür des Flurs. Dort stand Herakles. Er wartete – wie versprochen – darauf, dass wir ihm gaben, was wir vorbereitet hatten.

Ich ging zur Tür und öffnete sie ihm. Reichte ihm die Tüte.

Sein Gesichtsausdruck war etwas, das man nicht vergisst. Sein Blick fiel auf die Tüte, als stünde ein Kind vor einem Weihnachtsgeschenk. Keine bloße Überraschung. Keine bloße Freude. Etwas Tieferes: Die Rührung der Unschuld.

Sein Blick wurde weich, fast kindlich. Eine Träne rann ihm über die Wange. Er wischte sie verlegen weg.

Dann, ohne viele Worte, murmelte er ein – Danke – so ehrlich, so tief – und ging hastig.

Ich wusste nicht, warum er so schnell wegging. War es die Scham? Der Wunsch, sich zu verstecken, um zu weinen? Der Hunger, der ihn in die erste stille Ecke zog, um zu essen? Oder alles zusammen?

Ich sah Maria an. Sie stand schweigend da, den Blick noch immer auf die Tür gerichtet, die sich gerade hinter ihm geschlossen hatte.

Wir sagten nichts. Es war nicht nötig.

Am nächsten Tag, ohne ein Wort, brachte auch sie eine große Tüte mit Lebensmitteln. Sie stellte sie auf meinen Schreibtisch mit einer einfachen Anweisung:

– Gib das Herakles. Sag ihm nicht, von wem es kommt. Und … noch etwas. Ich habe mit der Sozialarbeiterin gesprochen. Sie hat mir diese drei Adressen gegeben. Das sind die nächstgelegenen Suppenküchen. Vielleicht helfen sie ihm.

Eine Frau, die scheinbar auf Abstand ging, hatte gerade die größte Kluft überwunden: die menschliche.

An jenem Morgen nahm auch ich eine Tüte von zu Hause mit – voller Lebensmittel. Nicht aus Pflicht. Nicht aus Wohltätigkeit. Sondern aus etwas viel Einfacherem: Weil es in diesem Moment das Richtige war.

Und so, inmitten des kalten Deutschlands im Jahr 2020, wärmten ein Paket Spaghetti, zwei Bananen und ein einziges – Danke die Welt ein wenig auf. Oder zumindest ein kleines Stück davon.

Sein Ziel – Vassiliki zu sich holen

Aus den Trümmern eines Lebens begann ein Mann, einen Traum zu bauen.

Am nächsten Tag erschien Herakles in meinem Büro – mit langsamen Schritten und einem Blick voller Anspannung. Es war gegen elf Uhr vormittags. In seinen Händen hielt er sein Handy. Sein Gesicht sprach von Schlaflosigkeit, Wut, Demütigung.

– Der ist nicht auszuhalten, Mann! Die ganze Nacht hat er mich angestarrt, das Licht angelassen, die Nase gerümpft, als ob ich stinken würde, und er hat mich angespuckt! Die ganze Nacht kein Auge zugemacht!

Sein Körper zitterte, nicht nur vor Zorn, sondern auch vor Erschöpfung.

– Ganz ruhig, Herakles. Jetzt bist du hier. Wir finden eine Lösung. Aber ohne Schreien, ohne Streit. Einverstanden?

Er nickte. Wir setzten uns. Ich am Computer, er neben mir, seine Unruhe durchbohrte beinahe den Tisch.

– Kannst du mir helfen, mein Handy mit dem Internet zu verbinden? Ich will mit meiner Frau sprechen.

Er streckte mir das Gerät entgegen. Ich verband es schnell mit dem WLAN des Hauses. Das Erste, was auf dem Bildschirm erschien, war Facebook. Während ich einige Unterlagen ausdruckte, war er schon ganz versunken in seine digitale Welt. Als ich zurückkam, zeigte ich ihm zwei Ausdrucke.

– Schau. Erstens: Hier ist eine nahegelegene orthodoxe Gemeinde. Geh dorthin, sprich mit den Priestern. Ich kenne sie gut. Ich bin Fotograf für Hochzeiten und Taufen – sie werden dir helfen.

Seine Augen begannen zu leuchten beim ersten Hinweis auf etwas Vertrautes. Kirche. Heimat. Sprache.

– Zweitens, siehst du das hier? Das ist ein Dienst der Kirche. Sie geben Kleidung und Schuhe aus. Danach gibt es Essen im Hof. Und dann gehst du zur griechischen Gemeinde. Einverstanden?

Er schwieg kurz. Dann sagte er leise, etwas verlegen:

– Taki … ich kann nicht gut lesen. Nicht mal Griechisch richtig. Geschweige denn Deutsch.

Ich hielt inne. Sah ihn an.

– Herakles, das ist keine Schande.

Ich bin hier, um dir zu helfen, nicht um dich zu beurteilen.

Was du brauchst, machen wir so, dass du es verstehen kannst.

Er nickte wieder. Diesmal ruhig. Eine helfende Hand ist manchmal stärker als jedes Formular.

Er senkte den Kopf und holte aus der Jackentasche sein Handy. Er drehte es zu mir und zeigte mir ein Foto: Eine junge Frau, schön, mit einem Kind auf dem Arm. Ein kleiner Junge – süß wie eine Traube in der Sonne.

– Das sind sie. Meine Vassiliki und mein Kleiner. Für sie lebe ich. Ich will sie hierherholen. Damit wir zusammen sind. Damit ich sie beschütze. Hilf mir, das zu schaffen.

Seine Augen leuchteten. Nicht vor Stolz. Vor Glauben.

– Das wird geschehen. Noch nicht jetzt, aber es wird geschehen. Zuerst bringen wir anderes in Ordnung. Wir helfen dir, wieder auf die Beine zu kommen. Mach die Schritte nicht in der falschen Reihenfolge, sonst verirrst du dich.

Er nickte zustimmend. Es war das – Ja eines Mannes, der nicht nur Hilfe suchte. Er suchte Hoffnung. Orientierung. Und irgendwo in ihm wurde ein neues Wort geboren: Zukunft.

– Kannst du mir beim Formular für die Bank helfen? Ich will ihnen etwas schicken. Ich kann nicht hier mit Geld sitzen und sie haben nichts.

Ich sah ihn an. Ich wollte ihm sagen, er solle wenigstens etwas für sich behalten. Aber ich wusste es. Er hatte längst entschieden, wohin jede seiner Anstrengungen gehen würde. Die Welt des Herakles hatte zwei Namen: Vassiliki und der kleine Junge. Alles andere waren bloß Stufen, die ihn zu diesem Ziel führten.

Die Papiere und die Geister der Arbeitgeber

Manche Mühen bleiben nicht im Körper. Sie bleiben nur in ihren Fotokopien.

An jenem Morgen wirkte Herakles ... optimistisch. Er trug eine durchsichtige Dokumentenmappe aus Plastik, prall gefüllt mit Papieren, und lächelte, als hielte er seine eigene Zukunft in den Händen.

Wir setzten uns gemeinsam mit dem Leiter der Einrichtung, der gerade den Antrag für das Arbeitslosengeld vorbereitete. Herakles blätterte gedankenverloren in den Ordnern, verstand nicht viel – Buchstaben waren für andere, nicht für ihn.

– Du bist also vor zwölf Jahren nach Deutschland gekommen, ja? Nach Berlin?

Herakles zuckte mit den Schultern. Sein Gedächtnis war ein Labyrinth, keine Landkarte. Städte, Daten, Namen – alles verschwommen. Nur eines wusste er sicher: Er hatte gearbeitet. Viel. Immer.

– Du hast 15 Monate offiziell gemeldete Arbeit, sagte der Leiter.

– Nur? Ich habe über zehn Jahre gearbeitet, entgegnete Herakles erstaunt.

– Hier steht: zwölf Monate bei deinem letzten Arbeitgeber und drei in einer Taverne in Augsburg. Sonst nichts.

– Aber... jeden Monat hat er mir dieses Papier gegeben, sagte Herakles und zog aus der Mappe zwanzig, dreißig – vielleicht mehr – identische Seiten hervor.

Dasselbe Formular. Dieselbe Abrechnung. Immer wieder. Das Gesicht des Leiters verdüsterte sich.

– Das sind alles Fotokopien. Dein Arbeitgeber hat nur den ersten Monat gemeldet. Danach hat er dir jedes Mal dieselbe Kopie gegeben. Und du hast sie geglaubt – weil du sie nicht lesen konntest.

Herakles sah ihn an – nicht wütend, sondern mit jener tiefen, kindlichen Hoffnung, dass vielleicht doch ein Irrtum vorliegt. Aber es war kein Irrtum. Es war Betrug. Seine Welt bekam einen weiteren Riss. Nicht, weil ihm Geld fehlte. Sondern weil er geglaubt hatte – jahrelang. Geglaubt, dass sein Schweiß registriert worden war. Dass seine stille Würde belohnt worden war – mit Versicherungszeiten, mit Dokumenten, mit Rechten.

Und nun entdeckte er: Er war kein Arbeiter gewesen. Er war ein Geist.

– Was heißt das? fragte er leise.

– Es heißt, es gibt keine Nachweise für deine Arbeit. Was dir zusteht, basiert nur auf diesen fünfzehn Monaten.

Sein Blick wurde dunkel. Er schrie nicht. Er tobte nicht. Er senkte einfach den Kopf – so, wie man ihn senkt, wenn einen die Wahrheit von hinten trifft und man keine Zeit mehr hat, sich zu wehren.

– In Ordnung. Ich kämpfe trotzdem weiter. Aber … wenigstens will ich etwas an meine Vassiliki schicken können.

– Wir füllen gemeinsam das Bankformular aus, sagte ich.

– Alles wird geregelt.

Da hob der Leiter den Kopf und sagte:

– Ich will, dass du übermorgen früh nochmal kommst. In deinem Akt liegt ein Bußgeldbescheid: 1.200 Euro. Wenn wir ihn nicht regeln, wird er in Haft umgewandelt.

Herakles erstarrte.

– Ich dachte … das wäre vergessen. Das ist noch aus der Zeit in Augsburg. Wer denkt denn heute noch daran…?

– Sie vergessen nichts, sagte ich ruhig.

– Aber wir können Ratenzahlung beantragen. Je mehr Raten, desto besser.

– Ich werde es versuchen. Ich will nicht aufgeben.

Sein Gesicht war eine Mischung aus Trotz und Resignation. Wie jemand, der einen Fels immer wieder den Hang hinaufschiebt und der Fels rollt zurück – aber er macht trotzdem weiter. Nicht weil er glaubt, er werde irgendwann oben bleiben. Sondern weil er weiß: Wenn er aufhört – ist er nicht mehr da.

Und so wurde, in einem Raum voller Papiere, Stempel und Zahlen, ein unbeirrbarer Mann geboren.

Herakles hatte keine Papiere. Aber er hatte ein Ziel.

Die Bußgelder der Straße und der Armut

Der Weg zur Hoffnung ist gepflastert mit Papieren, auf denen – Strafe steht.

Es war Anfang Sommer, als Herakles mit Hoffnung in mein Büro trat. In der Hand hielt er einen Brief – ein Blatt Papier, das schwerer wog als ein Koffer voller Steine.

– Die Antwort vom Arbeitsamt ist da, sagte er. Glaubst du, es ist ein positiver Bescheid?

Ich öffnete den Umschlag. Das Papier war anders. Mein Gesicht verlor an Farbe.

– Das ist nicht vom Arbeitsamt… das ist ein Bußgeldbescheid. Hundert Euro. Wegen Alkoholkonsums im Stadtzentrum.

– Was? Welches Zentrum? Welche Strafe?

– Es ist verboten, erklärte ich. Maßnahme wegen Corona. Es ist nicht erlaubt, öffentlich Alkohol zu trinken. Wusstest du das nicht?

Er sah mich verwundert an. Fast kindlich.

– Woher hätte ich das wissen sollen? Ich spreche kein Deutsch, kann nichts lesen. Ich habe weder Fernseher noch Radio… niemanden, der mir so etwas sagt. Wie hätte ich es wissen sollen, verdammt?

Er wusste es nicht. Und niemand hatte es ihm gesagt. So wie niemand den Bäumen sagt, wann sich das Gesetz der Schwerkraft ändert. Und doch sind sie es, die den Wind bezahlen.

– Siehst du? sagte er bitter. Wie soll ich es denn schaffen, sag du es mir.

Er stand auf, sichtlich aufgewühlt. Er schrie nicht. Schlug nicht. Er ging einfach.

Den Bescheid ließ er da. Ich nahm ihn und brachte ihn zum Leiter.

– Wir müssen versuchen, ihn zu senken. Oder mit dem anderen Bußgeld, das er bereits in Raten zahlt, zusammenzufassen. Wenn man es abstottern kann… irgendetwas. Irgendein Ausweg.

Der Leiter, wie immer wortkarg und streng, hob den Blick.

– Und wo ist Herakles? Warum bringst du das?

– Er ist gegangen. Er wollte mir keine Umstände machen, hat er gesagt. Hatte Termine, konnte nicht warten. Er bat mich, es für ihn zu übergeben. Sie sind sowieso zwei Wochen nicht da. Besser, Sie haben es schon jetzt.

Er schien es zu verstehen. Seufzte leise. Dann nickte er.

– Ich kümmere mich darum.

Herakles, der unsichtbare Mensch, hatte wieder einmal einen Fürsprecher – ohne ihn darum zu bitten.

Dieser Tag blieb mir im Gedächtnis. Nicht weil er außergewöhnlich war. Sondern weil er eine Wahrheit offenbarte, die schwerer wog als jedes Bußgeld: Armut ist nicht nur ein Mangel an Geld. Es ist ein Mangel an Zugang – zu Information, zu Stimme, zu Gerechtigkeit.

Herakles war nicht nur mittellos. Er war abgeschnitten. Und doch hatte er sich entschieden, durchzuhalten.

Und da begriff ich etwas Wichtiges:

Würde stirbt nicht, wenn man dir den Strom abstellt oder dir eine Geldstrafe aufbrummt. Sie stirbt, wenn du aufhörst, dich zu kümmern. Und Herakles… er sorgte sich noch.

Das Kind, die Schuhe und das falsche Morgen

Jeder schickt, was er hat: Manche Leute schicken Geld, andere Schuhe. Und manche Hoffnung.

Frühmorgens kam Herakles zu mir, zwei Paar Schuhe in den Händen – ein Damenschuh, ein Kinderschuh. Es war einer dieser Momente, in denen man nicht einfach spricht. Man fließt über.

– Ich will sie nach Griechenland schicken. Zur Vassiliki. Ich hab's ihr versprochen.

– Hast du Geld dafür?

– Drei Euro.

Er sagte es überzeugt, fast stolz. Als würden sie genügen.

Ich schüttelte den Kopf. Er wusste es nicht. Er hatte wohl nie ein Paket geschickt. Hatte nie in Euro gemessen, wie schwer Entfernung wiegt.

– Das reicht nicht einmal für den Karton, sagte ich.

Sein Blick verfinsterte sich. Seine Stimmung fiel abrupt. Die Enttäuschung war nicht einfach nur Enttäuschung. Es war der Verrat an seiner Hoffnung. Er hatte sich den Moment vorgestellt: Die Schuhe erreichen ihr kleines Zuhause. Das Kind trägt sie, Vassiliki lächelt. Und das zerfiel nun.

– Was soll ich ihr jetzt sagen? Ich hab's doch versprochen… Wie soll ich ihr sagen, dass ich's nicht kann?

Ich überlegte. Ich wusste, es hatte keinen Sinn, ihn zu bitten zu warten. Für ihn war das Versprechen schwerer als das Paket.

– Ich schick's, sagte ich schließlich. Aber du musst mir etwas versprechen. Du machst weiter mit dem Programm. Du kommst auch morgen zur Antragstellung fürs Arbeitslosengeld. Du vergisst es nicht. Du tauchst nicht ab.

Sein Gesicht erhellte sich. Als hätte ich ihm eine Tür ins Licht geöffnet. Er strahlte. Er sagte kein Danke. Es brauchte keines. Sein Körper, seine Augen, sein Schweigen sagten alles.

Noch am selben Tag kaufte ich einen kleinen Karton, legte die zwei Paar Schuhe hinein, fügte zwei Tütchen Bonbons hinzu. Kinderbonbons mit gemalten Bären. Ich wusste nicht, ob der Kleine sie essen würde. Aber ich wollte, dass sie da waren. Dass im Paket etwas war, das sagte: Jemand hat an dich gedacht.

Ich schickte es ab. Am nächsten Tag kam er. Ruhiger. Mit einem Umschlag in der Hand.

– Was ist das? fragte ich.

– Der Brief von der Behörde. Ist es diesmal der Bescheid?

Ich öffnete ihn. Es war keiner. Es war ein weiterer Bußgeldbescheid. Diesmal aufgrund eines Vorfalls in einem Supermarkt. Fünfzig Euro. Er war beschuldigt worden, versucht zu haben, Zigaretten zu stehlen.

– Was ist passiert, Herakles? Was soll das?

Er senkte den Kopf.

– Ich hatte keinen Cent. Gar nichts. Ich hab eine Rate fürs Bußgeld bezahlt, den Rest hab ich Vassiliki geschickt. Zum Essen. Ich ernährte mich vom Suppenküchen-Essen. Zigaretten... hatte ich keine. Ich sammelte leere Flaschen und Dosen für den Pfand. Weißt du, wie viele Flaschen man braucht für eine Packung Zigaretten?

– Zweiunddreißig, antwortete ich.

Er sah mich überrascht an. Er hatte recht, sich zu wundern. Die Antwort kam spontan. Nicht, weil ich es erlebt hatte – ich konnte in diesem Moment schnell Kopfrechnen. Zu oft bemerkte ich Menschen, wie Schatten in der Stadt, die möglichst unauffällig alle Müllereimer nach Pfandflaschen und Dosen durchsuchten.

– An dem Tag fand ich nur zehn Flaschen. Ich hielt es nicht mehr aus. Ich ließ das gesammelte Pfandgeld dort und nahm die Zigaretten. Sie erwischten mich. Sie wollten 250 Euro, damit es keine Anzeige gibt. Wenn ich 250 Euro gehabt hätte, hätte ich dann Zigaretten gestohlen?

Ich schwieg. Was sollte ich sagen? Armut, wie auch Verzweiflung, ist stumm. Sie braucht keine Verteidigung. Sie schreit von selbst.

– Wie dem auch sei, wir regeln das, sagte ich. Für jetzt: konzentrier dich aufs Programm. Auf die Anträge.

Er nickte. Er war nicht gut dran. Das war klar. Aber er blieb. Er gab nicht auf. Denn er hatte etwas, worauf er wartete. Jemanden, den er einkleiden wollte. Ein Kind, das er beschützen musste. Ein Bild, das er bewahren wollte.

Vassiliki und das Kind waren nicht bloß Gesichter. Sie waren seine zweite Chance. Und zweite Chancen – wie Versprechen – dulden keinen Aufschub.

Programme, Worte und das Ende des Schweigens

Es ist bedeutungslos zu sagen: – Ich will sprechen lernen. Es ist wie zu sagen: – Ich will dazugehören.

Der September kam leise – wie eine tröstende Decke über einen müden Sommer.

Herakles hatte, allen Schwierigkeiten zum Trotz, begonnen, einen Rhythmus zu finden. Er verpasste keinen seiner Termine im Entzugsprogramm. Mit seinem Mitbewohner gab es keine Auseinandersetzungen mehr. Oft saß er im Hof, das Handy in der Hand, sprach mit Vassiliki, betrachtete Bilder seines Kindes.

Eines Abends sagte er zu mir:

– Ich will keine Angst mehr haben. Ich will die Dinge in Ordnung bringen. Ich will wissen, was man mir sagt. Ich will Deutsch lernen.

Er hatte sich in einen Sprachkurs eingeschrieben. Er wollte es – nicht wegen der Papiere, nicht wegen eines Jobs. Für sich selbst. Um sich anwesend zu fühlen.

Es war rührend, einen Menschen zu sehen, der nie richtig lesen gelernt hatte, nun mit Artikeln, Verben, Redewendungen zu kämpfen.

– Wenn ich schreiben lerne, schick ich dir mal einen Brief, sagte er lachend.

Ich neckte ihn:

– Und wenn du richtig lesen lernst, geb ich dir mein Buch.

– Wenn's Bilder hat, schaff ich's vielleicht, antwortete er schmunzelnd.

Wir lachten beide. Einer der seltenen Momente, in denen wir nicht Betreuer und Klient waren. Sondern einfach Menschen. Fast alles, was er besaß, schickte er Vassiliki. Ich konnte ihn nicht überzeugen, etwas für sich zu behalten.

– Ich soll Geld haben, Takis, und mein Kind nicht? Das geht nicht.

Er wehrte sich gegen jeden Gedanken an eigenen Komfort. Als sähe er sich selbst nur als zweitrangig. Und doch war diese radikale Selbstlosigkeit ein klares Zeichen: Er hatte nichts. Und hielt dieses Nichts für andere bereit. Seine Seele spielte auf dem Klavier der Armut Melodien aus Großzügigkeit.

Eines Tages kam er mit einem neuen Brief. Sein Gesicht hell. Er hoffte wieder. Doch das Papier war nicht, was er erwartet hatte. Wieder ein Bußgeld. Diesmal: versuchter Diebstahl von Zigaretten. Die Geschichte wiederholte sich. Die Armut hatte ihn erneut zur Illegalität getrieben – ohne Arglist, ohne Absicht. Nur aus Not.

Ich machte ihm keine Vorhaltungen. Keine Moralpredigt. Stattdessen gab ich ihm Zeit. Ich zeigte ihm, dass ich ihn nicht verurteile. Nur versuche zu helfen.

– Wir regeln das. Aber ich will, dass du im Programm bleibst. Und dass du weiter Deutsch lernst. Verlass nicht das, was wir gerade aufbauen. Ja?

Er nickte. Sprach nicht mehr so viel wie früher. Aber er hörte zu. Und sein Blick sagte mehr als Worte.

Eine Woche später kam er mit einem neuen Handy.

– Kannst du mir Facebook einrichten? Ich will mit Vassiliki reden. Ich hab sie eine Woche nicht gehört. Mir ist das andere ins Klo gefallen…

Es war das erste Mal, dass ich mich wirklich schuldig fühlte. Ich hatte ihm an jenem ersten Tag nicht geholfen, war zu sehr mit der Kasse und den Vertragsverlängerungen der Bewohner beschäftigt. Und plötzlich wurde mir klar: Eine Woche ohne Kontakt – für Herakles war das eine Ewigkeit der Einsamkeit.

– Ich verspreche dir: Heute nehme ich mir die Zeit, sagte ich.

Und dieses Versprechen hielt ich.

Diese kleinen, so alltäglichen Dinge waren für Herakles Schritte in Richtung Zugehörigkeit. Nicht rechtlich. Nicht gesellschaftlich. Existenziell.

Mit jedem neuen deutschen Wort, das er lernte. Mit jedem – Guten Morgen, das er sich traute, im Flur zu sagen. Mit jedem Mal, wo er auf Lärm nicht mit Lärm antwortete – sondern mit Geduld. Veränderte er sich. Er trat wieder ein ins Leben. Nicht mehr als Schatten. Sondern als Gegenwart.

Die Hoffnung, die nie ankam

Manches hält der Körper aus. Aber manchmal schweigt die Seele plötzlich.

Es war Ende November. Draußen trug die Stadt ihren grauen Mantel. Die Feuchtigkeit kroch in die Knochen, und die Lichter auf den Straßen beleuchteten eher die Einsamkeit als die Vorfreude auf das Fest.

Herakles spürte den Druck. Nicht nur durch die Geldstrafen und die Armut, sondern auch durch die Zeit, die nicht auf ihn wartete. Er kam mit einem Lächeln ins Büro – mit diesem kindlichen Blick, der sagt: – Ich hab dir was zu zeigen. In seinen Händen hielt er einen Brief.

— Der ist von der Behörde! Ich hab drauf gewartet! Sag mir, dass es gute Nachrichten sind!

Ich öffnete den Umschlag. Und tatsächlich – es waren gute Nachrichten.

Das Arbeitslosengeld war bewilligt worden. Rückwirkend. Seit Februar.

Seine Freude war unbändig. Keine halben Sätze mehr, keine Vorsicht. Nur ein klares, ekstatisches:

– Endlich!

Auch der Leiter des Hauses rief ihn zu sich. Er erklärte ihm, wie das System funktioniere.

— Die Sozialhilfe hat dich überbrückt, während du gewartet hast. Jetzt, da das Arbeitslosengeld bewilligt wurde, musst du einen Teil der Beihilfen zurückzahlen. Die Stimme des Leiters war ruhig, aber die Worte fielen wie Granit.

Herakles senkte den Kopf.

46

Er protestierte nicht. Doch dieser kindliche Blick, der eben noch leuchtete, war nun getrübt.

— Das hat mir niemand gesagt, murmelte er.

— Ich weiß, antwortete ich. Auch für mich war das neu. Aber wir finden einen Weg, damit umzugehen.

— Ich wollte zu meiner Frau. Zu meinem Kind. Nicht mal das geht, oder?

Ich machte eine hilflose Geste. Die Pandemie hatte die Grenzen erneut geschlossen. Kein Lkw. Kein Schiff. Keine Hoffnung.

— Takis, wenn du von einem Job hörst… denk an mich.

— Wann willst du das noch schaffen? sagte ich halb scherzend. Du gehst ins Programm, lernst Deutsch, stellst Anträge…

— Es ist nicht für mich, erwiderte er. Es ist für Vassiliki und das Baby. Sie kommen nicht über die Runden. Ich kann sie doch nicht im Stich lassen.

Ich schwieg. Ich wusste: Das waren keine Sprüche. Das waren Wahrheiten. Am 30. November kam er mit einem neuen Handy. Er bat mich, es einzurichten.

— Ich muss mit Vassiliki sprechen. Ich hab seit einer Woche nicht mehr mit ihr gesprochen.

— Wir machen das morgen, sagte ich. Heute ist ein Notfall, ich muss mich um das Budget kümmern und die Verlängerungen der Verträge. In Ordnung?

— In Ordnung, sagte er leise.

Er ging. Nicht enttäuscht. Nicht wütend. Aber… anders.

Abends saß ich zu Hause. Und dachte. Immer wieder. Woher hatte er das Geld für ein neues Handy? Er hatte keine Freunde. Keine Verwandten. War er in irgendwas hineingeraten? Hatte ihn die Not ein weiteres Mal an die Grenze gedrängt? Ich verscheuchte die Gedanken. Dann klingelte das Telefon. Es war der Wachmann, Mohamed. Seine Stimme fremd. Ruhig, aber eiskalt.

— Takis… Herakles. Wir haben ihn in seinem Zimmer gefunden. Tot.

Ich erinnere mich nicht genau an den Rest. Nur, dass mein Körper erstarrte, und dass meine Stimme kaum herauskam.

— Was ist passiert?

— Wir wissen es nicht. Keine Anzeichen. Keine Drogen. Keine Tabletten. Keine Verletzungen. Der Rettungsdienst war schon dagewesen. Das Zimmer leer. Ich voller Fragen.

Am nächsten Morgen war alles anders. Seine Akte lag vor mir. Ich musste die Unterlagen für die Behörde ausfüllen. Ich musste den Kollegen erklären, was geschehen war. Ich musste weitermachen. Die Beerdigung organisieren. Mich um das Formelle kümmern. Aber nichts bereitete mich auf seine Abwesenheit vor.

Wo er noch vor Stunden gesessen hatte und auf die Einrichtung seines Handys gewartet hatte, war jetzt… nichts. Ein leerer Stuhl. Ein Blatt Papier. Ein – Es ist vorbei.

Die Polizei schloss Selbstmord aus. Keine Hinweise. Sein Körper war friedlich. Vielleicht war es etwas Plötzliches. Vielleicht das Herz. Vielleicht die Erschöpfung. Vielleicht, vielleicht, vielleicht.

Die Beerdigung musste organisiert werden. Ich rief Vater Prodromos an.

Er willigte ein die Zeremonie zu leiten. Ich war beruhigt. Ich wusste: Herakles würde mit Würde verabschiedet werden.

Doch dann kam die neue Verordnung: maximal 20 Personen bei Beerdigungen. Aber nur Verwandte. Ich durfte also nicht dabei sein. Aber es gab niemanden. Vater Prodromos, allein am Grab, schrieb später:

– Es regnet. Ein so leiser Regen, er klingt wie Tränen von Engeln. Und ich stehe hier, allein, vor einem Menschen, den ich nie kannte – und es schmerzt, als wäre er mein eigener Bruder.

Am Ende der Akte von Herakles schrieb ich nichts.

Kein Kommentar.

Keine Auswertung.

Kein Fazit.

Aber wenn ich etwas hätte schreiben dürfen, dann das:

– Manche Menschen sterben ohne Titel. Aber mit einem riesigen Herzen.

Nur – diesen Vermerk würde wohl nie jemand lesen.

Die namenlose Flamme – Erinnerung und Licht

Er starb nicht. Er blieb – als Flamme. In einer Kerze, von der niemand wusste, wer sie entzündet hatte.

Es war Ende März, als ich mich entschied, hinzugehen. Ich hatte niemanden informiert. Wollte auch den Kolleginnen nichts sagen. Ich empfand es als eine persönliche Schuld. Eine letzte Geste. Eine Verabschiedung.

Die Stadt erwachte langsam – nach einem weiteren Winter unter dem Bann der Pandemie. Die Menschen trugen weniger Masken, dafür mehr Ängste.

Herakles' Grab lag in einem abgelegenen Teil des Friedhofs. Ein Ort, den kaum jemand besuchte. Keine Familie. Keine Freunde. Die Grabstätte schlicht. Kein Foto. Keine Blumen.

Und doch – jemand kümmerte sich. Eine kleine Gottesmutter Ikone. Eine Kerze – immer brennend.

Eine alte Mitschülerin hatte die Stelle zufällig entdeckt. Seitdem war es ihre stille Mission geworden, das Grab nicht dem Vergessen zu überlassen. Sie hatte ihn nie gekannt. Nie gesehen. Hatte nur seinen Namen gelesen und sein Alter.

— Ich muss ihn nicht gekannt haben, sagte sie mir später. Er war allein. Und ich bin ein Mensch.

Ich sagte nichts. Beugte mich nur hinunter zum Grab. Zündete meine eigene Kerze an. Und flüsterte:

— Danke, Herakles. Für alles, was du mich gelehrt hast. Für all das, was du nie ausgesprochen hast.

50

Mit der Zeit erfuhr ich mehr über ihn. Von seiner Schwester. Von Bekannten, die sich später meldeten.

Herakles hatte kein Kind. Vassiliki war nie seine Partnerin. Sie hatten sich nur einmal getroffen – für wenige Stunden – in einem Café in Korinth. Das Kind war ihres, aus einer früheren Beziehung.

Und doch... er kümmerte sich darum, als wäre es sein eigenes Fleisch und Blut. Er schickte das Wenige, was er hatte. Er träumte sich eine Familie zusammen, die es nie gegeben hatte.

Warum? Weil er lieben musste. Weil ein Mensch, wenn ihm nichts mehr bleibt, Hoffnung aus Nichts formt. Nicht, um sich selbst zu täuschen. Sondern um aufrecht zu bleiben.

Im Büro, ein paar Abende später, betrachtete ich seine Akte. Sein letztes Schreiben. Sein letzter Antrag. Er hatte die Antwort nicht mehr erlebt. Aber die Antwort war gekommen. Ohne Stempel. Nicht vom Amt. Vom Leben selbst. Ich schloss die Akte und legte sie achtsam ins Archiv.

Es war mir egal, ob sich jemand an ihn erinnerte. Ob sein Name je in irgendeiner Liste auftauchen würde. Ich erinnerte mich. Und eine Flamme erinnerte sich auch. Eine namenlose Flamme, die still weiterbrannte – auf einem Friedhof irgendwo in Deutschland.

Ein Licht, das keine Belohnung wollte, keine Erwähnung.

Nur weiterbrennen.

Für Herakles.

Für all die Unsichtbaren dieser Welt.

Emine

— Guten Morgen!

— Guten Morgen, danke, erwiderte ich, als sie mir das Dokument des Wohnungsamts überreichte.

Datum: korrekt. Zimmer: verfügbar – und für Frauen geeignet.

Oft kamen die Papiere vor dem Menschen. Manchmal passten der Mensch und das Papier nicht zur Realität. Die Bürokratie hatte ihre eigene Uhr, die nie mit den Nöten der Menschen ging.

Ich sah sie mir genauer an. Ganz in Schwarz. Ein arabisches Gewand, vom Kopf bis zu den Füßen – mit einzigem Sichtfenster auf der Höhe der Augen. Und selbst das, verborgen hinter einem Spitzenschleier, als wäre die Welt etwas Verbotenes für sie.

— Ich brauche kurz Ihren Ausweis, sagte ich.

Sie hatte ihn bereit. Ihre Hände reichten ihn mir – schmal, zart, aber sorgfältig gepflegt.

— Es tut mir leid, ich muss Ihr Gesicht sehen.

Ein kurzer Moment des Zögerns. Dann ein kaum hörbares Seufzen. Sie hob den Schleier. Und ein Gesicht kam zum Vorschein: jung, fast kindlich. Sie war es. Sie war Emine. Der Ausweis war von ihr.

Der Ablauf war formell. Name, Alter, Herkunft. Sie sprach fehlerfreies Deutsch und ohne Akzent. Keine Fremdsprache – ihre Sprache. Geboren in Deutschland. Gebildet. Ihr Traum: Jura zu studieren. Ein Traum, der an ihrer Herkunft zerschellte. Die Eltern hatten längst anderes beschlossen. Der Cousin aus dem Kosovo. Die Ehe arrangiert. Ihre Einwände – bedeutungslos. Die Hochzeit war vorgestern.

— Vorgestern?

— Ja, vorgestern … In der Hochzeitsnacht habe ich mich geweigert meine Pflichten zu erfüllen. Er hat mich geschlagen. Ich bin weggelaufen. Ich bin zu meinen Eltern. Sie haben mich abgewiesen. Sagten, ich habe Schande über die Familie gebracht.

Sie hatte Anzeige erstattet, einstweilige Verfügung beantragt. Das führte sie zum Amt für Wohnungslose. In einer Frauenunterkunft gab es keinen Platz. So kam sie hierher.

— Bitte sagen Sie niemandem, dass ich hier bin – vor allem nicht meinen Eltern.

— Wir sagen nichts, versicherte ich ihr.

Ein Hauch von Ruhe trat in ihre Augen, als wäre für einen Moment eine Last von ihr gewichen.

Ihr Zimmer – sauber, still, fast unsichtbar. Die Wochen vergingen. Ihre Mitbewohnerin kam – keine Konflikte. Man sah sie kaum. Sie suchte keine Hilfe bei den Sozialarbeitern, verlangte nichts. Sie war genügsam. Oder schien es zumindest.

An einem Montagmorgen in der Notiz des Pförtners: Zwei Polizeibesuche am Wochenende. Einmal zur Durchsuchung. Einmal zur Vernehmung. Vier Stunden. Was sie suchten – wusste niemand.

Drei Wochen später wurde sie festgenommen. Ich war anwesend.

— Warum nehmen Sie sie mit? fragte ich.

Der Polizist flüsterte:

— Verdacht auf Verbindung zu einem Ableger von Al-Qaida.

Ich glaubte es nicht. Die stille, höfliche Emine?

Sie hatten einen Haftbefehl. Alles rechtskonform. Ich erklärte dem Beamten unser Verfahren:

— Wenn sie innerhalb von drei Tagen zurückkäme, würden wir ihr Zimmer nicht anrühren. Wenn nicht, müssen wir es räumen.

Sein Blick sagte, was seine Worte vermieden: Sie wird so bald nicht zurückkehren.

Die Sozialarbeiterin fand einen Artikel in einer Lokalzeitung. Spendenaufrufe für Waisenhäuser, kurz vor dem Ramadan. Eine Stimme – ein Mann – hatte sie angerufen. Sie glaubte, etwas Gutes zu tun. Überwies 150 Euro. Zwei weitere Frauen ebenso. Und doch – man warf ihnen vor, eine Terrororganisation unterstützt zu haben.

Wochen später erschien ihre Mutter. Mit Begleitung. Mit Papieren, mit lautem Tonfall, mit Vollmacht. Am Ende unterschrieb sie, dass sie die Kisten mit Emines Sachen entgegengenommen hatte. Und ging.

Monate vergingen. Alles schien vergessen. Im Strom täglicher Ankünfte und Abschiede verschwanden Geschichten wie die von Emine in der täglichen Routine.

Und doch – eines Morgens, in einer kleinen Spalte der Zeitung:

Selbstmord einer 20-jährigen Frau, die der Unterstützung einer Terrorgruppe beschuldigt wurde.

Sie hinterließ eine Notiz:

— Ich glaubte, Waisen zu helfen. Ich bin unschuldig. Verzeiht mir, dass ich den Mann, den ihr für mich gewählt habt, nicht akzeptierte. Verzeiht, dass ich die Ehre der Familie beschmutzt und mich versteckt habe.

Emine

Sie ging, bevor sie überhaupt zu leben begann.

Leise, bescheiden – wie sie gekommen war.

In einem Leben, das ihr nie geschenkt wurde.

Der Ägypter

— Karim nimmt seine Medikamente wohl nicht mehr, sagte eines Tages Maria, die Haushälterin des Hauses.

— Warum denkst du das? Was ist passiert? fragte der Leiter.

— Ich sehe, dass er wieder sehr gereizt ist … er murmelt vor sich hin, schimpft leise. Irgendetwas stimmt nicht.

— Hat er dich verbal angegriffen?

— Nein, nein, alles in Ordnung. Ich mache mir einfach Sorgen.

Karim war einer der ersten Bewohner des Hauses – seit über einem Jahr nun. Die Kolleginnen und Kollegen, die von Anfang an hier arbeiteten, hatten bereits erlebt, wie sich bei ihm nach ein paar Monaten die Wahrnehmung verschob: Er begann, die Mitarbeitenden zu verdächtigen, sie beinahe als Feinde zu betrachten.

Es war offensichtlich, dass er an einer psychischen Störung litt. Doch keiner von uns war qualifiziert zu sagen, welche genau – oder was das konkret für ihn oder für uns bedeutete. Der Psychiater des Obdachlosen-Netzwerks, der Einzige mit der Befugnis, einem Menschen das Privileg eines Einzelzimmers zu gewähren, verletzte niemals die Schweigepflicht. Wir konnten nicht wissen, ob Karim eine potenzielle Gefahr darstellte – für sich selbst, für uns oder für die anderen Bewohner. Letztlich vertrauten wir dem Gefühl, dass niemand das Risiko einging, jemandem etwas zustoßen zu lassen.

Manchmal begegnete ich ihm in den langen Fluren des Hauses. Er humpelte, stützte sich an seinem Gehstock, den er mit Absicht laut auf das Boden schlug, sodass der Klang an den nackten Wänden des langen Flures widerhallte – fast wie ein Ritual. Vor Kurzem hatte er das Zimmer gewechselt. Das alte lag direkt über dem Raucher-Pavillon und Karim ertrug den Rauch nicht. Doch auch das neue Zimmer stellte ihn nicht zufrieden. Was auch immer sich änderte, irgendetwas störte ihn immer.

Ein paar Tage später schickte er einen Brief – an den Leiter und an eine lange Liste weiterer Empfänger, allesamt in Positionen der — Autorität. Darin beschuldigte er den Hausmeister, das Wasser in seinem neuen Zimmer mit Gift zu versetzen. Gleichzeitig machte er den Leiter verantwortlich – der, so schrieb er, im Auftrag finsterer politischer Kreise handle. Diese wollten ihn gefangen halten, damit nicht ans Licht komme, was er wisse – Dinge, die Skandale auslösen und womöglich das ganze System zum Einsturz bringen könnten.

Er forderte, dass man ihm ein anderes Zimmer zuweise, dass der Hausmeister entlassen werde – ebenso die Haushälterin, die laut ihm dessen rechte Hand sei. Er wusste, schrieb er, dass der Leiter nichts davon tun werde – denn auch er sei Teil der Verschwörung. Aber er selbst sei kein leichtes Opfer. Er sei, wie er betonte, außergewöhnlich intelligent. Und solche hinterhältigen Pläne durchschaue er sofort.

Im Brief erwähnte er auch den Pförtner – ein Iraker, ebenfalls Muslim, wie Karim selbst. Das sei kein Zufall, behauptete er. Teil eines teuflischen Plans: Zwei Glaubensbrüder, die eigens ins Haus geholt worden seien, um ihm Sicherheit vorzutäuschen – nur damit er umso leichter in die Falle gehe. Doch sie hätten seine Intelligenz unterschätzt. Er hatte alles durchschaut. Sie stachen ihn nachts mit Nadeln, nahmen ihm Blut aus dem Bein. Deshalb brauche er den Stock. Seit sie erkannt hätten, wie politisch wichtig er sei, versuchten sie, ihn für verrückt zu erklären. Sie hätten eine ganze Intrige gesponnen. Sein neues Zimmer, so meinte er, sei eine Folterkammer: nachts liefen Bluttropfen an den Wänden hinab, aus dem Boden stiegen Tropfen heißen Öls. Sie wollten ihn einkesseln, verbrennen, zum Schweigen bringen.

Der Leiter stand vor einem großen Dilemma. Karims psychischer Zustand war inzwischen unübersehbar. Was er aber nicht wusste: Wie gefährlich konnte dieser Zustand werden – für Karim selbst, für die Mitbewohner, für das Personal? Unsere Kompetenzen als Berater und Betreuende waren, begrenzt. In unserer Teamsitzung dominierte das Thema.

— Wenn wir ihn rauswerfen – tun wir ihm dann weh? Oder vielleicht sogar Gutes?

— Und wo würde er landen? In einem für ihn besser oder schlechter geeigneten Heim?

Es gab nicht einmal eine Möglichkeit, die Kollegen der nächsten Einrichtung zu informieren, die ihn übernehmen würden. Das war verboten. Der Datenschutz war eine unüberwindbare Barriere – selbst wenn wir wüssten, wohin er gehen sollte.

Nach zwei Stunden intensiver Diskussion beschlossen wir, ihm eine letzte Chance zu geben.

Ich und die neue Sozialarbeiterin waren die einzigen, die bisher noch nicht in seine Verschwörungserzählungen eingebunden worden waren. Wir spielten noch keine Rolle in seinem Fantasienetz. Also einigten wir uns, das Abschlussgespräch gemeinsam zu führen.

Der Plan war einfach, aber entscheidend. Wir würden ihn zu einem Gespräch einladen. Wir wollten ihm erklären, dass er nur unter einer Bedingung bleiben könne: wenn er sich einer regelmäßigen psychiatrischen Betreuung unterziehe.

Bevor das Gespräch begann, stimmten wir uns ab: Zuerst sollte er frei sprechen dürfen. Dann würde die Sozialarbeiterin übernehmen – mit dem Versuch, ihn dort abzuholen, wo sein Schmerz wohnte. Ich sollte schweigen und nur eingreifen, falls die Unterhaltung eine gefährliche Wendung nähme.

Wir betraten den großen Veranstaltungsraum. Die beiden Längsseiten bestanden aus Glas. Karim saß schon da – uns gegenüber, aber so weit entfernt wie möglich. Zehn, vielleicht zwölf Meter. Eine Entfernung, pandemiegerecht – aber seelisch unüberbrückbar.

Er sah uns an und fragte mit angespannter Stimme:

— Sie wollen mich loswerden, nicht wahr? Hab ich mir gedacht.

— Verzeihung – das haben wir nie gesagt. Warum legen Sie uns Worte in den Mund? erwiderte die Sozialarbeiterin ruhig.

Karim war verdutzt. Er hatte etwas anderes erwartet.

— Ich möchte mich erst einmal vorstellen. Ich bin die neue Sozialarbeiterin. Wir sind hier, um einander kennenzulernen. Und um über die Schwierigkeiten zu sprechen, die Sie in Ihrem Schreiben genannt haben. Herr Takis ist der Hausverwalter – er begleitet mich, damit wir gemeinsam nach Lösungen suchen.

— Sie werden mich nicht lassen. So wie die anderen. Die eine war nach vier Monaten weg. Die andere hielt es nicht mal so lange aus. Sie haben sie durchschaut. So wie auch Sie. Wenn Sie es nicht rechtzeitig schaffen – machen sie Sie genauso fertig.

— Und meine Vorgängerin – wissen Sie, wo sie jetzt ist?

— Ich habe sie gesehen. Es geht ihr gut.

— Wunderbar. Es freut mich, dass es ihr gut geht. Dann schauen wir doch gemeinsam, was wir tun können, damit es Ihnen auch wieder gut geht.

— Ich glaube nicht, dass Sie die Wahrheit sagen.

— Was lässt Sie das denken?

— Sie arbeiten hier. Vielleicht noch nicht lange – aber bald gehören auch Sie zum Spiel. Und wenn Sie sich dagegenstellen, werden sie Sie loswerden. Wie die anderen.

— Und warum versuchen wir nicht, solange ich noch da bin, etwas Gutes für Sie zu erreichen? Lieber ein kleiner Erfolg als gar keiner.

Karim schwieg. Sein Blick blieb an ihrem Gesicht haften – prüfend, beinahe entblößend.

Es war mein Moment. Ich musste eingreifen, bevor sich seine Gedanken zu einer neuen Verschwörung formten. Vielleicht hatte er erwartet, dass ich seine Geschichten infrage stellen würde. Dass ich ihm sagen würde, nichts davon sei real. Aber das tat ich nicht. Ich nahm nicht die Rolle des Richters ein. Ich entschied mich, in sein Spiel einzusteigen – nicht um ihn zu bestätigen, sondern um ihn auf seinen eigenen Wegen zu entwirren.

Das, glaube ich, schmeichelte ihm. Es war lange her, dass jemand ihm Bedeutung schenkte – auch auf diese Art. Aber gleichzeitig wuchs in ihm der Zweifel: Was, wenn ich ihn nur einwickelte? Wenn ich den Mitfühlenden nur spielte, um ihn später umso besser zu treffen? Ich sah es ihm an. Er dachte darüber nach.

Ich ließ ihm keine Zeit:

— Wenn ich Techniker hole, die Ihr Zimmer überprüfen sollen. Was meinen Sie? Wäre ein Technikerteam aus Stuttgart vertrauenswürdiger als eines aus München? Oder möchten Sie doch lieber in Ihr altes Zimmer zurückziehen?

— Ich vertraue niemandem. Weder München noch sonst wem!

— Auch uns nicht? fragte die Sozialarbeiterin leise.

— Keinem! Raunte er und hob die Stimme.

— Dann bringen Sie uns in eine sehr schwierige Lage. Wenn Sie niemandem hier vertrauen – was hat es dann für einen Sinn, in einem Haus zu wohnen, wo Sie sich von allen bedroht fühlen?

Sie sah auf die Uhr. Bald musste sie los, um ihre Kinder vom Kindergarten abzuholen.

— Wir machen Ihnen einen letzten Vorschlag, sagte sie. Wenn Sie bereit sind, dreimal die Woche zu Ihrem Psychiater zu gehen, setzen wir uns dafür ein, dass Sie bleiben können und Ihr Zimmer behalten. Andernfalls müssen Sie zur Behörde gehen und eine neue Unterkunft beantragen.

Karim stand abrupt auf. Er griff nach seiner Krücke und verließ mit harten, entschlossenen Schritten den Saal.

Am nächsten Tag sahen wir ihn im Flur – laut schreiend, gezielt auf den irakischen Wachmann. Die Stimme war so schrill, dass der Leiter aus seinem Büro trat, um nachzusehen. Karim wollte genau das – der Ton war provozierend, fast theatralisch.

— Das war's, sagte der Leiter nur. Es reicht. Packen Sie Ihre Sachen. Heute Nacht schlafen Sie nicht mehr hier. Wenden Sie sich an die Behörde. Man soll Ihnen eine neue Einrichtung zuweisen. Bis morgen Mittag haben Sie Zeit, Ihre persönlichen Dinge abzuholen. Auf Wiedersehen.

— Wer glauben Sie eigentlich, dass Sie sind? Ein türkischer Nazi mit Komplexen! Und den haben sie auch noch zum Leiter gemacht!

Seine Stimme hallte durch das Treppenhaus. Einige Bewohner kamen aus den Zimmern, neugierig geworden. Karim wurde lauter.

— Na los – erzählen Sie uns doch: Wie viel haben Sie vom System bekommen? Was hat man Ihnen versprochen? Wie wird ein muslimischer Türke Leiter eines christlichen Hauses? Wisst ihr überhaupt, was Demokratie heißt? In der Türkei sicher nicht – aber hier, in Europa, habe ich Rechte!

Er zeigte auf den Wachmann.

— Und auch er wird mir nicht sagen, was ich zu tun habe! Ich lasse mir nichts vorschreiben – von niemandem, verstanden?

— Doch, das werden wir, entgegnete der Leiter ruhig. Und wenn Sie es nicht von uns hören wollen, dann vielleicht von der Polizei.

Er nickte dem Wachmann zu, der sofort zum Hörer griff.

Karim lachte auf.

— Ach so, natürlich! Die Polizei! Na klar sind die auch mit drin! Glauben Sie, ich bin irgendein Niemand? Ich bin deutscher Staatsbürger. Ich habe über fünfzig Jahre hier gearbeitet. Ich kenne die Polizei. Damals wollten sie mich anwerben. Ich sollte für sie arbeiten. Mein Land verraten – Ägypten. Und weil ich ihnen nicht gegeben habe, was sie wollten, verfolgen sie mich. Vergiften mich. Saugen mich aus. Nennen mich verrückt, das passt ihnen gut in den Plan. Aber Sie… Sie haben Ihr Land verkauft! Was hat man Ihnen versprochen? Oder braucht man Ihnen gar nichts zu versprechen, weil Sie sowieso zu diesen faschistischen Ideen stehen? Ja, genau das ist es. Ich sehe es in Ihren Augen!

Da heulten plötzlich die Sirenen auf. Ein Streifenwagen schoss auf den Hof, parkte quer ein. Vier uniformierte Beamte sprangen aus dem Wagen, die Türen noch offen. Ihre Hände glitten zu den Waffen – sie zogen sie nicht, aber die Geste war eindeutig: bereit.

— Na endlich! rief Karim. Da seid ihr ja. Und mit gezogenen Waffen! Habt ihr Angst? Vor einem alten, hinkenden Mann? Lächerlich seid ihr! Ihr lasst euch von diesem rechtsextremen Türken kommandieren!

Zwei Polizisten näherten sich ihm, bildeten eine lose Umzingelung. Die anderen beiden traten zum Leiter, positionierten sich schützend zwischen ihn und den aufgebrachten Mann. Die Szenerie wirkte surreal – selbst für jene, die nicht die ganze Geschichte kannten.

— Guten Abend und danke für Ihr Kommen, sagte der Leiter sachlich. Der Herr hat mehrfach und schwerwiegend gegen die Hausordnung verstoßen. Er muss das Haus mit sofortiger Wirkung verlassen. Ich werde die Behörde kontaktieren, damit er eine neue Unterkunft bekommt. Bis dahin begleiten Sie ihn bitte, damit er seine wichtigsten Dinge holen kann – Medikamente, Ausweise, was immer ihm persönlich wertvoll ist. Den Rest seiner Sachen schicken wir nach oder übergeben sie gegen Vollmacht. Ich rufe ihm ein Taxi. Wenn er sich weigert, entscheiden Sie, wohin Sie ihn bringen.

Er drehte sich um und schloss wortlos die Bürotür.

Stille. Ein feiner Eishauch stand im Raum. Dann – ding! – öffnete sich der Aufzug. Ein Bewohner mit Kaffeebecher in der Hand trat heraus, sah die Szene, erstarrte, drehte sich wortlos wieder um, drückte den Knopf und verschwand wieder in den Lift.

— Los, komm, sagte einer der Polizisten. Du hast es gehört. Zeit, deine Sachen zu holen.

Karim schrie nun auf Arabisch. Seine Stimme vibrierte, von Wut durchzogen, wie ein aufgeschlitzter Draht.

— Wenn du nicht aufhörst zu brüllen, sagte der Beamte ruhig, verbringst du die Nacht – und noch viele danach – in unserem kleinen Fünf-Sterne-Hotel. Hast du verstanden?

Karim schwieg. Er sah sie mit verhassten Augen an. Dann gingen sie gemeinsam zum Aufzug.

Nach einer halben Stunde war alles vorbei. Er war weg. Die Polizei war weg. Und es schien, als wäre nichts geschehen.

Am nächsten Tag, in der regulären Teamsitzung, kam das Thema unweigerlich zur Sprache. Vom großen Konferenzraum aus blickten wir auf die beiden riesigen Möbelhäuser gegenüber – die vielen, leeren Parkplätze dazwischen: verwaist durch den Lockdown.

Und plötzlich auf diesem Parkplatz: Karim.

Mit seinem Fahrrad. Er fuhr Kreise. Zog das T-Shirt aus. Er stand plötzlich an den Eingängen der Läden, hob Stühle und stemmte Gegenstände, die dort vor den Möbelhäusern ausgestellt waren und lose mit Ketten zusammengebunden waren, als wären sie Hanteln.

Diese Bilder, vor unseren Augen, waren Kulisse unserer Besprechung. Hatten wir richtig gehandelt, als wir ihn weggeschickt hatten? Hatten wir ihn geschützt? Oder war es ein Fehler?

Zwei Gedanken setzten sich durch. Erstens: Unsere Einrichtung war nicht geschaffen für Menschen in seinem Zustand. Vielleicht gab es keine bessere, aber wir waren nicht genug. Zweitens: Hätten wir ihn behalten, hätten wir ein gefährliches Signal gesetzt. In einer Gemeinschaft mit 110 Bewohnern war das ein Risiko.

Eine Woche später rief mich der Hausmeister zur Eingangstür. Karim wartete.

— Guten Tag, Herr Takis.

— Guten Tag, Karim.

— Ich möchte… bitte… sprechen Sie mit dem Leiter…

Dann brach er in Tränen aus. Heftig. Schluchzend. Er bat um Verzeihung, sagte, wie sehr er es bereue. Wie wenig er über seinen Zustand wisse. Wie gut es hier gewesen sei. Wie furchtbar es draußen war.

Ich ging zum Leiter. Kaum hatte ich den Mund geöffnet:

— Nein. Es gab Gelegenheiten. Jetzt ist es endgültig.

Ich kehrte zurück. Karim sah mich an. Seine Augen waren feucht vor Hoffnung.

Ich sagte nichts. Nur ein bitteres, verlegenes Lächeln.

Er drehte sich um und ging. Langsam. Er schlug nicht mehr mit seinem Stock. Er machte keinen Lärm. Er demonstrierte seine Kraft und Trotz nicht mehr. Er war nun still.

Zehn Tage später kam er noch einmal. Noch magerer.

— Könntest du noch mal fragen? Darf ich noch einmal mit ihm reden?

Ich klopfte an die Tür.

— Ich nehme an, an der Entscheidung zu Karim hat sich nichts geändert?

— Richtig.

Karim sah mir in die Augen.

— Danke… für alles.

Dann trat er hinaus. Blieb kurz am Tor der Einrichtung stehen. Es schien, als wollte er sich noch einmal umdrehen, einen letzten Blick werfen auf das Gebäude.

Aber er tat es nicht.

Der Lehrer, der die Griechen liebte

Die Ankunft

— Was haben Sie beruflich gemacht, Herr Hans? fragte ich, als einer der neuen Bewohner, die uns an diesem Tag von der Obdachlosenhilfe zugewiesen worden waren, etwas verloren vor mir stand.

— Ich war Lehrer, antwortete er. Zehn Jahre ist es her, seit ich das letzte Mal unterrichtet habe.

— Sie sagen das mit einem leisen Schmerz in der Stimme, bemerkte ich. Man merkt, dass Sie Ihren Beruf geliebt haben.

— Ja, sehr sogar.

— Gut. Dann machen wir weiter – wir haben noch viele Fragen vor uns. Also … wo haben Sie gewohnt, bevor Sie sich an die Stelle für Wohnungslose gewandt haben?

— Ich war mit einem Freund unterwegs, wir spielten bayerische Volksmusik. Wir zogen von Dorf zu Dorf und übernachteten dort, wo man uns aufnahm – in kleinen Pensionen, in den Lokalen, in denen wir auftraten. Im Sommer auch mal auf einem Feld oder in einem Wäldchen. Bis …

— Bis? unterbrach ich ihn ungewollt, mitgerissen von der Spannung.

— Bis mein Freund eines Tages krank wurde … und am nächsten Tag starb.

Ich schwieg einen Moment.

— Es tut mir sehr leid. Wann war das?

— Vor drei Tagen, sagte er. Seine Augen füllten sich mit Tränen. Plötzlich wirkte er zwanzig Jahre älter.

— Möchten Sie eine Pause machen oder sollen wir fortfahren?

— Lassen Sie uns weitermachen …

Wir beendeten gemeinsam das Aufnahmeverfahren für neue Bewohner, füllten alle nötigen Formulare aus und ich führte ihn zu seinem Zimmer. Es war leer. Das zweite Bett war frei – und das schien ihn besonders zu freuen.

— Hier kommt niemand mehr dazu, oder? fragte er mit einem Blick, der Bestätigung suchte, aber auch etwas Melancholie verriet. Er wollte allein sein. Seine Trauer war noch frisch. Und wer würde nicht ein Zimmer für sich allein bevorzugen?

— Im Moment ist es frei, antwortete ich. Ich weiß nicht, ob oder wann uns jemand von der Stelle noch geschickt wird. Vielleicht ist gerade jetzt jemand auf dem Weg.

Als ich mich zusammen mit dem Hausmeister verabschiedete – wir betraten nie die Wohnbereiche der Bewohner allein –, hielt er mich zurück:

— Sie haben mir gar nicht Ihren Namen gesagt!

— Takis. Ich bin der Hausverwalter.

— Vielen Dank, Herr Takis, sagte er in gebrochenem, aber rührendem Griechisch.

— Bitte sehr. Es ist mir eine Freude, erwiderte ich auf Deutsch und lächelte. Es ist noch früh. Ruhen Sie sich ein wenig aus. Es ist gerade mal halb zehn Uhr morgens.

Ich schloss die Tür hinter mir mit einem Lächeln. Seine Mühe, Griechisch zu sprechen, hatte mich berührt.

Doch ich hatte kaum die Pförtnerloge erreicht, als mich ein junger Mann erwartete, vermutlich aus Afrika, mit Nervosität in den Augen.

— Guten Morgen, kann ich Ihnen helfen?

— Ja, ich bin neu, sagte er auf Englisch.

— Willkommen. Kommen Sie mit.

Ich führte ihn in den Versammlungsraum.

— Ich bin in zwei, drei Minuten wieder da, sagte ich, und ging kurz ins Büro, um die Unterlagen von Hans abzugeben und jene für den Neuen vorzubereiten.

Als ich zurückkam, war ich bereit.

— Darf ich Ihre Zuweisung von der Obdachlosenstelle sehen? fragte ich auf Englisch.

Er reichte sie mir. Es war, wie ich vermutet hatte: Die Zuweisung galt für das zweite Bett im Zimmer von Hans. Der arme Mann hatte keine halbe Stunde Ruhe gehabt …

Der junge Mann hieß Love. Er war gerade einmal einundzwanzig Jahre alt und besuchte täglich Intensivsprachkurse Deutsch. In der Hoffnung, dass sich ihre Zeitpläne nicht allzu sehr überschneiden würden, begann ich das gewohnte Aufnahmeverfahren.

Wenig später begleiteten wir ihn, wie immer mit dem kleinen Wägelchen, beladen mit Küchenutensilien, Decken und Kissen – auf das Zimmer. Hans schlief tief und schnarchte. Das Klirren der Teller im Wagen reichte aus, um ihn plötzlich aus dem Schlaf zu reißen.

Er sprang auf, als hätte ihn ein Stromschlag getroffen.

— Was machen Sie hier? Das ist mein Zimmer! rief er heiser, überrascht und verärgert.

— Herr Hans, darf ich Ihnen Herrn Love vorstellen. Er ist Ihr neuer Mitbewohner.

Sein müder Blick tastete den jungen Mann von oben bis unten ab. Sein Gesichtsausdruck sprach Bände: Diese Wohngemeinschaft würde nicht leicht werden.

Ich jedoch zeigte Love wie üblich das Zimmer und die Gemeinschaftsräume. Kurz darauf saß ich wieder an meinem Schreibtisch, versunken im Papierkrieg, der jede neue Ankunft begleitete.

Die ersten Konflikte

Die Tage vergingen relativ ruhig. Oder beinahe. Hans begann, sich zu beschweren. Zuerst beim Pförtner: zweimal meldete er, Love habe ihm fünfzig Euro aus dem offenen Schrank gestohlen. Wie das Protokoll es vorschreibt, riet der Pförtner ihm, sich an die Polizei zu wenden. Innerhalb des Zimmers gab es weder Beweise noch Überwachung – wir durften nichts beurteilen.

Anstatt wie sonst üblich die Sozialarbeiter aufzusuchen, wandte sich Hans lieber direkt an den Pförtner.

Beim dritten Mal kam er wütend zu mir ins Büro.

— Herr Hans, es tut mir leid. Ich kann nicht wissen, was in Ihrem Zimmer passiert.

— Aber er hat mir hundert Euro gestohlen! beharrte er, sichtlich aufgebracht.

— Sie beschuldigen jemanden ohne Beweise. Das kann als falsche Anschuldigung gewertet werden – und sich gegen Sie wenden.

— Kommen Sie mit ins Zimmer! Er hat sich teure Turnschuhe gekauft. Woher soll er das Geld haben?

— Das ist kein Beweis. Vielleicht ist es Zufall. Hat er etwa das Schloss an Ihrem Schrank aufgebrochen?

— Nein. Er war nicht mal abgeschlossen …

— Ich hatte Ihnen geraten, alles Wertvolle zu verschließen.

— Selbst wenn ich abgeschlossen hätte, im Schlaf hätte er mir den Schlüssel abnehmen können …

— Jetzt übertreiben Sie.

— Sehen Sie es denn nicht? Er hat mir schon 250 Euro gestohlen!

— Das Einzige, was ich Ihnen raten kann: Wenden Sie sich an die Polizei.

— Das werde ich tun! Die Polizisten helfen hier keinem alten deutschen Mann – Sie helfen nur den Ausländern!

— Bitte! Ich werde so tun, als hätte ich diesen letzten Satz nicht gehört.

Hans verließ das Büro wutschnaubend, murmelnd und mit wilden Gesten. Zwei Stunden später kehrte er zurück. Diesmal still. Er sprach mit niemandem – nicht mit dem Pförtner, nicht mit dem Büro-Mitarbeitern –, ging direkt in sein Zimmer.

Keine halbe Stunde später tauchten, fast lautlos, drei Streifenwagen auf. Keine Blaulichter, keine Sirenen. Drei Polizisten kamen aus dem Aufzug, drei weitere über das Treppenhaus, die letzten blieben am Eingang. Sie fragten niemanden – sie wussten genau, wohin sie mussten.

Der Leiter kam ihnen entgegen.

— Alles gut. Eine Anzeige wegen Diebstahl. Kein Grund zur Sorge, wir haben alles im Griff.

Oben, im dritten Stock, teilten sie sich auf. Drei klopften an das Zimmer von Hans und Love. Die anderen sicherten die Flure.

— Polizei! Öffnen Sie sofort! rief der leitende Beamte.

Hans öffnete, sein Bett stand direkt neben der Tür, offenbar hatte er sie erwartet.

— Sind Sie Herr Love? fragte er den jungen Mann, der auf dem Bett lag und las.

— Ja, das bin ich.

— Herr Hans, bitte lassen Sie uns kurz allein.

Sobald Hans draußen war, wandte sich der Polizist an Love:

— Es liegt eine Anzeige wegen Diebstahls vor. Wenn Sie kooperieren, wird das berücksichtigt. Wir haben keinen Durchsuchungsbefehl, aber wenn Sie uns erlauben, Ihre Sachen zu durchsuchen, ist das gleich erledigt.

— Sie wollen meine Sachen durchsuchen?

— Ja.

— Was genau suchen Sie?

— Geld.

— Verstehe. Bitte, durchsuchen Sie alles.

— Danke. Legt los, sagte der Polizist zu den Kollegen.

Während sie die wenigen Habseligkeiten aus dem Schrank holten, trat der Leiter zu Love:

— Die Turnschuhe dort sehen neu aus. Wann hast du sie gekauft?

— Vor ein paar Tagen.

— Woher das Geld?

— Vom Sozialamt. Mein Betreuer genehmigt die Ausgaben. Ich habe einen Antrag gestellt – hier.

Er reichte ihm ein Dokument aus dem Stapel auf seinem Tisch.

— Darf ich ihn anrufen?

— Natürlich. Die Nummer steht oben.

In dem Moment rief ein Beamter:

— Herr Inspektor!

— Was ist?

— Ein neuer Grinder. Unbenutzt. Keine Rückstände.

— Fahren Sie fort, sagte der Polizist gelassen, und rief den Sozialarbeiter an. Die Geschichte von Love wurde vollständig bestätigt.

Die Durchsuchung war beendet.

— Danke. Alles in Ordnung. Einen schönen Tag noch.

Wenige Schritte vom Zimmer entfernt sprach der Polizist Hans an:

— Die Durchsuchung ist abgeschlossen. Nichts Belastendes wurde gefunden. Der Fall ist für uns erledigt. Sie bekommen das auch schriftlich.

— Aber Sie haben nicht gründlich genug gesucht! rief Hans. Bitte!

Die Polizisten waren bereits im Aufzug. Hans folgte ihnen bis zum Parkplatz. Doch sie gaben ihm keine Gelegenheit mehr, sich zu äußern.

Zurück blieb er, aufgeregt und rastlos, laufend im Hof. Und redete mit sich selbst.

Unerwartete Nähe

Am Abend nach dem Polizeieinsatz war es still im Haus. Fast zu still. Ich war noch im Büro, erledigte Papierkram, als es an der Tür klopfte.

— Herr Takis?

Es war Love.

— Komm rein, sagte ich und zeigte auf den Stuhl neben dem Schreibtisch.

Er setzte sich zögerlich. Ich sah ihm an, dass er etwas auf dem Herzen hatte.

— Ich wollte nur … Danke sagen.

— Wofür? fragte ich ehrlich überrascht.

— Dafür, dass Sie nichts geglaubt haben, ohne Beweise. Dass Sie mich nicht verurteilt haben.

Ich lächelte.

— Es ist mein Job, nicht zu urteilen, Love.

— Viele machen ihn anders.

Ich schwieg einen Moment.

— Wie geht es dir jetzt?

— Ich bin wütend. Nicht auf Hans. Ich glaube, er hat einfach Angst. Aber ... wieso glaubt man uns immer nicht, nur weil ich ein Schwarzer bin?

Ich hatte keine Antwort, die nicht nach Weltpolitik oder Philosophie klang. Stattdessen sagte ich:

— Vielleicht, weil das Vertrauen in dieser Welt oft weniger Platz hat als das Misstrauen.

Er nickte nur. Dann stand er auf.

— Danke, Herr Takis. Für heute ... und für davor.

— Gute Nacht, Love.

Als er gegangen war, saß ich noch eine Weile da, ohne den Ordner zu öffnen. Ein einfacher Satz hatte mich getroffen: „Wieso glaubt man uns immer nicht, nur weil ich ein Schwarzer bin?" Er klang nach viel mehr als einem persönlichen Vorwurf.

Er klang nach einer Welt, die sich noch ändern muss.

Letzter Tag

Hans mied in den folgenden Tagen die Gemeinschaft. Er aß nicht im Speisesaal, sprach mit niemandem, schloss sich im Zimmer ein. Der Versuch, ihn in ein Gespräch zu verwickeln, blieb fruchtlos – selbst Love ließ ihn in Ruhe.

Am Freitagvormittag kam der Briefträger. Zwischen Behördenpost und Flugblättern war ein handgeschriebener Umschlag. Für Hans. Ohne Absender.

Ich brachte ihn selbst aufs Zimmer. Er öffnete die Tür nur einen Spalt breit, nahm den Brief entgegen und nickte. Kein Wort.

Die widersprüchliche Annäherung – und das Leere dazwischen

Am nächsten Tag erschien Hans im Büro. Er sprach bereits mit der Sozialarbeiterin, bat aber, auch mich zu sehen. Dieses Mal kam er begleitet und ruhig.

— Guten Morgen, Herr Hans. Was kann ich für Sie tun?

— Guten Morgen, sagte er auf Griechisch und fuhr dann auf Deutsch fort. Wissen Sie, Herr Takis, ich bin ein großer Liebhaber der griechischen Mythologie, der Philosophie, überhaupt Ihrer ganzen Kultur.

— Das freut mich sehr. Es ist schön, dass Sie sich für die griechische Kultur interessieren.

— Und ich spreche auch gern mit Ihnen. Ich weiß, Sie haben zu tun und können nicht ewig plaudern. Aber falls es sich mal ergibt, würde es mir Freude machen, wenn wir gelegentlich über solche Themen sprechen könnten.

— Ich kann nichts versprechen, aber ich werde es versuchen.

— Vielen Dank. Wissen Sie, ich muss mich einer Augenoperation unterziehen – grauer Star. Was für ein schönes Wort eigentlich. Die 700 Euro, die ich für die OP gespart hatte, … mein Mitbewohner hat sie mir gestohlen.

— Herr Hans … die Polizei hat Ihnen versichert, dass der junge Mann unschuldig ist. Es steht einem ehemaligen Lehrer nicht gut, jemanden zu verurteilen – und schon gar nicht einen jungen Afrikaner – nur wegen seiner Hautfarbe.

— Sehen Sie? Das ist griechische Kultur! Was Sie da sagen, beweist, dass Sie ein echter Nachkomme der alten Griechen sind.

— Ich glaube nicht, dass das eine Rolle spielt. Aber versuchen Sie, ihm eine Chance zu geben. So wie Sie sie einem Ihrer Schüler gegeben hätten.

— Ja sas! rief er mir zum Abschied auf Griechisch zu, während er durch die Glastür verschwand.

Kaum zwei, drei Tage waren vergangen, da stand Hans wieder vor ebenjener Tür – dieses Mal aufgebracht.

Kaum hatte ich sie geöffnet, begann er laut zu schimpfen:

— Also wirklich, Herr Takis! Ein Wecker mitten in der Nacht – und nicht nur einmal, sondern zweimal! Dann macht er das Licht an, breitet seinen Gebetsteppich aus und betet laut zu seinem Allah! Ich bin ein alter Mann. Ich brauche meinen Schlaf. Er reißt mich aus dem Schlaf, erschreckt mich. Ich finde keine Ruhe mehr. Und wenn ich nach Stunden endlich wieder einschlafe – zack, da ist er wieder! Licht an, waschen, Teppich, Verbeugungen, Gebete. Wenn er wenigstens das Licht auslieβe und still oder zumindest leise betete, würde ich kein Wort sagen.

Wir setzten uns in mein Büro. Ich hatte beschlossen, ihn erst einmal ausreden zu lassen. Meist beruhigte das mehr als jedes Argument.

Ich hörte aufmerksam zu und ließ nach dem letzten Wort einige Sekunden Schweigen. Wie im Theater – kurz vor dem Applaus.

Er sah mich musternd an, als wollte er meine Reaktion ergründen.

— Was soll ich sagen, Herr Hans … Es macht mich traurig. Dass ein gebildeter Mensch so leicht aus der Fassung gerät. Vor allem, wenn es um jemanden geht, der einfach nur seinen Glauben ausübt. Wir müssen nicht mit seiner Religion übereinstimmen, aber wir leben in einer Gesellschaft, die jedem das Recht zugesteht, seine Religion auszuüben.

— So wie Sie es sagen, haben Sie recht. Dieses wilde Aufwachen hat mich verwirrt. Ich habe den größeren Zusammenhang nicht gesehen. Und wenn ich darüber nachdenke, wie viele unserer jungen Leute sich von der Religion entfernen … vielleicht machen die anderen da etwas besser als wir.

— Ich wusste, dass Sie nicht so ein Mensch sind …

— Was ich sehe, ist, dass Ihre griechische Bildung mir wieder einmal die Augen öffnet.

— Ich habe das nicht gesagt, um den Lehrer zu spielen. Und auch nicht, um Sie zurechtzuweisen.

— Ich weiß. Ich weiß. Aber ehrlich – Sie heben meine Stimmung. Sie geben mir etwas, worüber ich den ganzen Tag nachdenken kann.

— Solange Sie versuchen, mit der Wohnsituation Frieden zu schließen. Und sich endlich um Ihre Augen kümmern. Vereinbaren Sie endlich diesen Termin!

— Ich hätte es längst getan … wenn mir nicht dieses … verdammte Kind das Geld gestohlen hätte!

— Sie wissen genau, dass Sie ihn ohne Beweise beschuldigen. Das passt nicht zu Ihnen – weder als Mensch noch als Philhellene.

— Schon gut, schon gut. Ich leg mich ein bisschen hin, bevor er aus der Schule zurückkommt.

— Gute Erholung.

Licht und Schatten

Der Mittag war wunderschön. Die Sonne brannte sanft, das Licht roch nach Sommer. Ich ging in den hinteren Teil des Hofs – für ein paar Minuten Ruhe. Ein Fehler.

Hans hatte mich schon von Weitem gesehen. Entschlossen kam er näher. Ich hätte noch ins Büro flüchten oder so tun können, als würde ich telefonieren. Aber ich tat es nicht. Er war fast achtzig, allein, durstig nach menschlichem Gespräch.

— Guten Tag. Entschuldigen Sie, dass ich Sie in Ihrer Pause störe. Ich weiß, dass man das respektieren sollte. Ich habe nur eine kleine Frage …

Und schon redete er weiter, ohne auf Antwort zu warten – als fürchtete er, ich würde ihn fortschicken.

— Ich hatte Ihnen doch erzählt, dass mein Augenarzt auf die Operation gegen den grauen Star besteht. Was meinen Sie – wie gefährlich ist so ein Eingriff?

— Herr Hans! Was soll ich sagen? Ich bin kein Arzt. Ich habe auch keine persönliche Erfahrung damit. Ich kann mir kein Urteil erlauben. Aber, weil ich Ihre Sorge verstehe, erzähle ich Ihnen Folgendes: Meine Schwiegermutter hat sich vor sechs Monaten operieren lassen. Sie ist ungefähr in Ihrem Alter. Sie meinte, die Angst vor dem Eingriff sei am Ende schlimmer gewesen als der Eingriff selbst. Und noch etwas: Erwarten Sie nicht, dass Sie danach sehen wie ein Fünfzehnjähriger. Eher bewahrt man das Sehvermögen, das man hat – als dass es wirklich besser wird.

— Sehen Sie? Genau das habe ich gebraucht. Klare Worte! Das liegt euch Griechen im Blut! Vielen herzlichen Dank. Gott segne Sie!

Und schon ging er, mit einem fast beschwingten Schritt, erleichtert – vielleicht sogar übertrieben optimistisch.

— Hat er mich überhaupt verstanden? fragte ich mich. Oder nur die Hälfte gehört?

Na ja … wir würden sicher noch einmal darüber sprechen.

Die Tage vergingen. Wochen. Monate. Etwa alle zehn Tage hatte Hans das Bedürfnis, ein paar Worte zu wechseln. Fünf Minuten reichten meist, damit er sich gehört fühlte, dann ließ er mich wieder in Ruhe.

Bis zu jenem Morgen …

Draußen war es düster – schwere Wolken verhüllten den Himmel bis elf Uhr. Wie Mitternacht am Tag.

Hans tauchte fast rennend auf. Außer Atem, unfähig, ein Wort zu sagen. Aus Aufregung und Schock stammelte er Unverständliches. Ich ahnte, es ging wieder um Love.

Langsam beruhigte er sich. Das Problem: Die Geduld war aufgebraucht.

Hans schnarchte – laut und anhaltend. Love, völlig erschöpft, rüttelte ihn, damit er aufhörte. Er wollte schlafen. Sich ausruhen. Er musste konzentriert zum Sprachunterricht.

— Du kannst doch den ganzen Tag schlafen, wenn ich nicht da bin, hatte Love gesagt. Ich aber muss früh aufstehen.

Hans zitterte vor Zorn.

— Was erlaubt der sich, bitte sehr? Will er mir sagen, wann ich schlafen soll? Soll er doch ein Einzelzimmer beantragen!

Der Leiter, der den Lärm gehört hatte, kam still ins Büro. Er schickte den Hausmeister los, um auch Love zu holen.

— Danke, Herr Hans. Jetzt lassen wir Herrn Love zu Wort kommen. Ich bitte Sie: Unterbrechen Sie ihn nicht, sagte der Leiter streng.

Love sprach ruhig.

— Herr Hans schnarcht. Ich weiß, dass er nichts dafürkann. Aber ich kann auch meine Nerven nicht kontrollieren, wenn ich ständig aufwache. Gestern bin ich zweimal aufgestanden und habe ihn leicht berührt. Er erschrak, beschimpfte mich. Ich … ich konnte erst gegen fünf Uhr einschlafen, vor Erschöpfung. Ich habe verschlafen. Den Unterricht verpasst. Und nun droht mir der Verlust meines Stipendiums.

Hans murmelte leise, aber unaufhörlich.

Der Leiter blieb ruhig:

— Also, Love. Herr Hans hat deine Privatsphäre und deine Religion all die Monate respektiert. Er hat sich nie über deine Gebete beklagt.

— Genau! rief Hans und sprang auf.

— Setzen Sie sich, Herr Hans! herrschte ihn der Leiter an.

Dann wandte er sich wieder Love zu:

— Schnarchen kann man nicht kontrollieren. Wenn es dein Vater oder Großvater wäre, würdest du ihn auch so wecken?

Love errötete. Senkte den Blick.

Der Leiter schickte beide zurück aufs Zimmer. Er mahnte sie zu gegenseitigem Respekt. An diesem Tag hörten wir nichts weiter. Beide blieben stundenlang im Zimmer.

Am nächsten Morgen las ich im Protokollbuch der Wachmänner:

— 21:11 Uhr. Aufzug öffnete sich. Herr Hans war total rot im Gesicht. Er rief etwas Unverständliches. Sein linkes Bein bewegte sich nicht. Er stürzte. Auch die Hand reagierte nicht. Er fiel hart auf sein Gesicht. Ich rief sofort den Notdienst. Diagnose: Schlaganfall. Prognose ungünstig.

Zwei Monate lang hörten wir nichts.

Dann kam jemand, um seine wenigen Habseligkeiten abzuholen. Hans war in ein Pflegeheim für Schwerstpflegebedürftige verlegt worden. Er konnte sich nicht mehr allein anziehen, nicht mehr selbst essen.

— Wenn Sie können ... lesen Sie ihm etwas aus der griechischen Antike vor. Das hat er sehr gemocht, sagte ich dem Mann, der sie Sachen holte.

— Ich kümmere mich darum. Auf Wiedersehen.

— Grüßen Sie ihn bitte von mir. Von Takis. Danke.

— Mach ich. Auf Wiedersehen.

Ich habe nie wieder etwas von Hans erfahren.

Und Love?

Ein paar Tage später begann er, mit Selbstmord zu drohen. Dreimal.

Der Leiter entschied, dass er in eine andere, spezialisierte Einrichtung gebracht werden musste.

Den Sprachkurs ... hat er nie abgeschlossen.

Der Freund der Bücher

— Bei welchem Stockwerk fangen wir an? fragte ich den Hausmeister der Einrichtung. Es war der Tag der Überprüfung – technische Anlagen, Sauberkeit, Erreichbarkeit der Notausgänge; er war zuständig für das Erste, ich für den Rest.

— Was hältst du davon, wenn wir im dritten Stock beginnen und uns nach unten durcharbeiten?

— Gut. Ich bereite die Protokollbögen vor.

— Ich hole dich in zwei Minuten, sagte Frank.

Kurz darauf stiegen wir gemeinsam in den dritten Stock. Wir klopften an die Türen, höflich, immer dreimal, mit kurzen Pausen dazwischen. Wenn niemand öffnete, schlossen wir mit dem Schlüssel auf – stets mit einer Warnung. Aus Respekt. Jemand könnte schlafen, unbekleidet sein – besonders bei muslimischen Frauen…

Die meisten öffneten schnell. Die Kontrolle verlief reibungslos. Wir hatten bereits einen großen Teil der Zimmer besichtigt, nur fünf blieben noch.

Nächster Halt: ein Einzelzimmer. Frank klopfte mit dem Metallschlüssel gegen die Tür. Keine Reaktion. Zweites Klopfen. Drittes. Stille. Der Bewohner war wohl nicht da.

— Hausmeister – ich öffne die Tür! rief Frank laut und drehte den Schlüssel.

Das dumpfe Aufschlagen der Tür gegen etwas dahinter ließ uns erstarren. Sie öffnete sich nur einen Spaltbreit – dann stoppte sie. Irgendetwas blockierte sie von innen.

— Hol den Erste-Hilfe-Kasten! Er liegt am Boden, bewusstlos!

Franks Stimme war ruhig, knapp, kontrolliert. Er kniete sich nieder und begann, mit dem Mann hinter der Tür zu sprechen – ruhig, ermutigend. Ich konnte nicht hören, ob der andere antwortete. Ich hatte bereits das Telefon am Ohr. Instinktiv entfernte ich mich ein paar Meter, damit Jean – so hieß er – meine Stimme nicht hörte. Am Ende des Flurs war ein Fenster. Von dort fiel ein schwaches Licht, gebrochen, fast verzerrt. Zehn Meter weiter kniete Frank. Hätte man das Ganze gefilmt, man hätte meinen können, es sei eine Szene aus einem Horrorfilm.

Die Sirenen kamen näher. Ich wartete am Eingang. Ein Fahrzeug, dann sechs weitere. Fünf davon von der Feuerwehr. Sie konnten die Tür nicht öffnen. Jean lag direkt dahinter, mit dem Kopf fast an der Schwelle. Jeder Druck hätte ihm das Genick brechen können.

Der Einsatzleiter, ruhig und schnell, erklärte mir:

— Wenn wir es nicht durchs Fenster schaffen, brechen wir durch die Wand des Nachbarzimmers durch.

Während wir sprachen, kamen vier weitere mit Vorschlaghämmern die Treppe hinauf. Doch zum Glück …

— Hier! Hier drüben!

Die Stimme kam plötzlich. Sie hatten es geschafft. Die Tür war offen.

Und dann kam der Geruch.

Eine Wolke aus Fäulnis, Abwasser und Fäkalien. Ich fühlte mich wie erstickt. Aber das war noch das Geringste. Als ich ins Zimmer blickte, erstarrte mein Blick.

84

Jean. Nackt. Zusammengekauert wie ein Embryo. Regungslos, fast eingefroren. Seine Augen – weit offen. Schmerz, Angst, Verwirrung, Flehen, ein Hauch von Dankbarkeit.

Drei Notärzte arbeiteten um ihn herum mit absoluter Präzision. Injektionen, Infusionen, ruhige Stimmen, koordinierte Bewegungen. Eine Kunststofffolie, vier Ecken – sie hoben ihn. Jean wog kaum etwas. Ein Skelett, überzogen von fast durchsichtiger Haut.

Der Boden – verschmutzt. Kot, Blut, Urin. Trocken und feucht. Glitschig. Und doch rutschten sie nicht aus. Ich… ich öffnete bloß die Türen zum Treppenhaus. Sie trugen Jean. Große, kräftige Männer – und dennoch sah man ihnen die Mühe an.

Wir gingen hinunter. Die Luft schlug uns entgegen wie eine Erlösung. Sie hatten ihn in eine silberne Rettungsdecke gewickelt. Er zitterte. Überall Kabel, Schläuche, Geräte. Ich stand neben der Schiebetür des Fahrzeugs und sah ihn an. Und er – sah mich auch an. Mit Augen so blau, so geisterhaft, als blickten sie aus einer anderen Welt direkt in meine. Er ließ mich nicht los.

Dann schloss sich die Tür. Der Blick riss ab. Das Fahrzeug fuhr los.

Ich ging zurück. Konnte das Zimmer nicht betreten. Frank und der Leiter taten es. Sie mussten fotografieren, dokumentieren, alles festhalten. Ich sollte die Bilder später in Jeans Akte hochladen.

Ich versuchte, die beiden zu meiden. Aber Frank – er hörte nicht auf, zu erzählen. Lebendig. Detailliert. Und ich hörte zu, trotz meiner eigenen Abscheu. Vielleicht war es für ihn eine Art Beschwörung, ein Versuch, das Erlebte loszuwerden.

Das Zimmer wurde dreimal gereinigt. Viele seiner Sachen wurden entsorgt. Unwiderruflich kontaminiert.

Monate vergingen. Keine Nachricht. Bis ein Anruf kam. Der Sozialarbeiter des Krankenhauses:

– Er braucht Hilfe selbst beim Essen. Er wird in eine Pflegeeinrichtung verlegt. Bitte bereiten Sie seine Sachen vor.

Wir hatten sie schon gepackt. Zwei Tage später wurden sie abgeholt. Wir legten auch eine Karte bei: — Gute Besserung. —

Einige Tage darauf kam ein Brief:

— Danke, dass Sie mich gerettet haben! Vielleicht wäre es besser gewesen, wenn Sie es nicht rechtzeitig geschafft hätten. Mein Leben ist nicht sehr süß. Aber woher sollten Sie das wissen? Ich habe meine Sachen erhalten. Aber meine Bücher fehlen. Ich hatte dreißig. Alle sind verschwunden. Können Sie nachsehen und sie mir schicken? Ich lege eine Liste bei.

Ich erinnerte mich an keine Bücher. Auch die Kollegen nicht. Nichts in den detaillierten Listen, die man anlegte, wenn man ein Zimmer ohne den Bewohner räumte. Nichts in den Tüten. Nichts auf den Fotos – achtundzwanzig an der Zahl. Sollte ich sie mir ansehen?

Konnte ich sagen, dass ich sie nicht gesehen hatte? Dass es keine Bücher gab? Sollte ich ihm neue kaufen? Für mehrere hundert Euro?

Nein. Ich musste die Fotos prüfen. Eins nach dem anderen. Achtundzwanzig Bilder. Mein Magen krampfte sich zusammen. Nichts. Nirgendwo Bücher.

Warum erinnerte er sich an sie?

Ich las die Notizen der Sozialarbeiterin. Sie hatte Jean nur zweimal gesehen. Beim zweiten Mal schrieb sie:

— Zeigt Interesse an Literatur. Wir haben eine Mitgliedschaft in der Stadtbibliothek beantragt. Er freut sich, Bücher ausleihen zu können.

Ich fand seine Mitgliedsnummer. Rief an. Gab mich als Jean aus.

— Alles in Ordnung, sagten sie. Keine Rückstände.

— Können Sie mir sagen, welche Bücher ich zuletzt ausgeliehen hatte?

Sie las mir die Liste vor. Es waren genau die Titel, die auf seinem Zettel standen. Er hatte sie zurückgegeben. Am 10. Februar.

Der Faden seiner Erinnerung war kurz davor gerissen. Geblieben war das Gefühl der Verantwortung. Und seine Liebe zu den Büchern.

Ich informierte den Sozialarbeiter.

— Ich werde mit ihm sprechen, sagte er.

Wochen später kam eine Postkarte. Kein Absender. Nur ein Wort, zittrig über die ganze Breite geschrieben:

— Danke.—

Der Poststempel trug den Namen einer Kleinstadt. Dort, wohin Jean verlegt worden war.

Ich kannte niemanden sonst dort.

Mitchell

– Guten Morgen, Herr Takis! Wie geht es Ihnen?

– Guten Morgen. Vielen Dank, alles in Ordnung.

– Darf ich Sie etwas fragen?

– Auch wenn Flurgespräche nicht ideal sind … nur zu. Ich höre mir an, was Sie auf dem Herzen haben.

– Nichts Wichtiges. Ich wollte nur wissen, wann Sie zur Kontrolle kommen.

– Wissen Sie, Herr …

– Mitchell. Aus Zimmer 324.

– Also, Herr Mitchell, wir kündigen die Kontrollen grundsätzlich nicht vorher an. Am besten ist, Sie sind immer vorbereitet. Dann gibt es keine Überraschungen, wenn wir vorbeikommen.

– Ja, ja, natürlich.

– Sorgen Sie einfach dafür, dass das Zimmer sauber und ordentlich ist. Wir kommen irgendwann vorbei.

Ich öffnete die Glastür zu den Büros und trat ein. Mitchell blieb im Flur stehen. Nach den Vorschriften der Stadt – und unseres Obdachlosenheims – trug er seine Maske.

Er war ein schmächtiger Mann, dünn, mit einem Blick, der an einen Jugendlichen erinnerte, und einer Ausstrahlung, die nichts für sich beanspruchte. Er wirkte eher wie ein Fünfzehnjähriger als wie ein Mann um die vierzig. Was ihn jedoch am meisten verjüngte, war nicht das Aussehen – es war sein Verhalten: diese zurückhaltende Ungeschicklichkeit, diese fast kindliche Mühe, alles richtig zu machen.

Er trug eine alte Lederjacke, mindestens zwei Nummern zu groß. Sie hing an ihm wie eine braune Bettdecke, lastete auf seinen Schultern und ließ ihn aussehen wie ein Kind, das den Mantel seines Vaters angezogen hatte. Vermutlich hatte er sie von einer kirchlichen Kleiderausgabe.

Er wollte dazugehören. Er versuchte, Gespräche zu beginnen, irgendwie seine Zeit zu füllen. Doch es gelang ihm nicht. Die meisten hier in der Einrichtung hatten mit sich selbst genug zu tun – Freundschaften entstanden selten. Und wenn sie doch entstanden, hatten sie meist einen Zweck: eine Zigarette, etwas Gras, selten aber einfach Gesellschaft im Hof. Selbst dort war Geselligkeit nicht umsonst: Man musste sich die Geschichten anhören, immer dieselben, immer wieder – für einen einzigen Zug an einer selbstgedrehten Zigaratte.

Mitchell war nicht so. Er war schüchtern. Er bat nur ungern um etwas. Weder um eine Zigarette noch um ein Gespräch. Meist sah man ihn draußen vor dem Einkaufszentrum, mit einer Bierflasche in der Hand, umgeben von zwei, drei Trinkern aus der Nachbarschaft. Manchmal war er auch allein, saß auf einem Wasserhydranten, betrunken, und sammelte Mut, um in sein Zimmer zurückzukehren.

Seine Leidenschaft war der Alkohol. Seine Liebe und seine Abhängigkeit.

Im Heim war Alkoholkonsum grundsätzlich verboten – außer im eigenen Zimmer und nur, wenn man allein war. Mitchell war schon seit Langem allein. Zimmer 324 war ein kleines Zweibettzimmer – mit einem fast dauerhaften Bewohner: ihm.

Eines Morgens – ein Tag wie viele andere – begrüßte ich einen neuen Bewohner. Er schien etwa fünfzig Jahre alt zu sein – später stellte sich heraus: achtundvierzig. Wir erledigten die üblichen Formalitäten, und wie immer begleitete ich ihn zu seinem Zimmer. Das System hatte ihm das zweite Bett in 324 zugewiesen. Mitchells Zimmer.

Wir klopften und traten ein.

Das Erste, was man sah, wenn man die Tür öffnete, war das freie Bett auf der linken Seite. Ein schmaler Durchgang führte in einen etwas breiteren Teil des Zimmers, wo sich die Schränke befanden und Mitchells Bett, dessen Kopfteil direkt unter dem großen Fenster stand.

In der Ecke: ein schlichter Tisch mit zwei einfachen Stühlen und eine weitere Tür, die das Zimmer mit der Gemeinschaftsküche und dem Bad verband – beides teilten sich die Bewohner mit zwei Männern aus dem Nachbarzimmer.

Beim Eintreten konnte man die Zwischentür nicht gleich sehen. Man musste erst den schmalen Bereich passieren. Und genau dort, kurz bevor ich die Ecke erreichte, stieg mir dieser süßlich-säuerliche, allzu vertraute Geruch in die Nase: Bier. Bier und Müll. Viele leere Dosen türmten sich zu stummer Schuld – zusammen mit Essensresten, Plastikverpackungen, Papier. Der Zugang zur Küche und zum Notausgang war buchstäblich davon blockiert.

Mitchell saß auf seinem Bett, den Kopf gesenkt, die Hände zwischen den Knien verkrampft, wie ein Kind, das beim Unfug ertappt wurde. Er sagte kein Wort. Er wusste Bescheid. Er wartete – fast ruhig – auf seine Strafe.

Wäre es nur Unordnung gewesen, hätte eine mündliche Ermahnung genügt. Aber hier lagen Verstöße gegen die Sicherheitsvorschriften und der Hausordnung vor – Brandschutz, Zugänglichkeit, Gesundheitsgefahr durch Ungeziffer. Ich konnte das nicht übergehen. Ich durfte es nicht.

– Herr Mitchell … stehen Sie bitte auf und räumen Sie sofort auf. Wie kommen Sie so überhaupt zur Toilette?

Er hob den Kopf, lächelte schwach – als wollte er sagen: – Na, so schlimm ist es doch nicht – und murmelte:

– Von außen. Ich geh raus in den Flur und dann durch die andere Tür, die zur Küche und WC führt, wieder rein.

– Ich muss Ihnen wohl nicht extra sagen, dass es eine schriftliche Verwarnung geben wird.

– Werde ich rausgeworfen? fragte er erschrocken.

– Nicht sofort. Aber wenn es wieder passiert oder einen weiteren Verstoß gibt, dann ja, das ist möglich.

Er sprang auf wie gestochen und begann hektisch zu räumen, zu wischen, zu reinigen – als hinge sein Leben davon ab. Als ich endlich den Durchgang freilegen konnte, zeigte ich dem neuen Bewohner die Küche und das Bad. Dann kehrte ich in mein Büro zurück.

Keine zehn Minuten später stand Mitchell wieder vor mir.

– Herr Takis! Ich habe alles geputzt. Können Sie die Verwarnung löschen?

– Nein, Herr Mitchell. Das geht nicht.

– Aber ich werde nicht rausgeworfen, richtig?

– Solange Sie sich an die Regeln halten und es bei einer einzigen Verwarnung bleibt – nein.

– Ganz sicher?

– Ich denke, ich war deutlich.

Er schwieg. Senkte den Kopf so tief, dass sein Kinn fast seine Brust berührte. Blieb so für ein paar Sekunden. Dann drehte er sich wortlos um und ging. Seine Jacke – diese riesige, braune – hing hinter ihm, als würde sie seine Schritte beschweren wollen.

In den folgenden Tagen verschwand Mitchell. Ich sah ihn nicht mehr im Heim. Manchmal, wenn ich in der Pause zum Einkaufszentrum ging, stand er draußen – allein, mit einer Flasche in der Hand. Es war offensichtlich: Er hatte sich in seine kleine, verworrene Welt zurückgezogen.

Inzwischen wütete die Pandemie. Wir befanden uns im zweiten Lockdown. Alles war eingeschränkt: Bewegungen, sogar unsere internen Kontakte – und überall Kontrollen. Bisher war es uns gelungen, das Virus aus der Unterkunft fernzuhalten. Wir taten, was wir konnten, um die Lage unter Kontrolle zu halten.

Bis zu jenem Mittwoch.

Ein Bewohner meldete sich: positiv. Und als wäre das nicht genug – alle drei meiner direkten Vorgesetzten fehlten. Es war klar: Ich musste handeln. Ich konnte nicht bis zum nächsten Tag warten.

Ich folgte dem vorgesehenen Protokoll: Isolierung, Verlegung, Aktivierung der städtischen Mechanismen. Die Kontaktpersonen des infizierten Bewohners – drei insgesamt – sollten in ein Quarantäne-Hotel verlegt werden.

Bis alles organisiert war – Benachrichtigungen, Transporte, Koordination – war der ganze Tag vergangen. Ich hatte um sieben Uhr früh begonnen. Als auch der letzte von ihnen gegangen war, zeigte die Uhr zehn am Abend. Ich war erschöpft, aber ruhig. Wir hatten es geschafft. Vielleicht.

Der Freitag kam – ohne neue Fälle. Ich fühlte Hoffnung. Vielleicht hatten wir wirklich Glück gehabt.

Doch dann rief mich der Pförtner.

– Kannst du mal kurz in die Pförtnerloge kommen? Es ist wichtig.

Ich fand ihn am Fenster stehen, den Blick nach draußen gerichtet – zum überdachten Raucherbereich. Ich trat näher.

– Was ist los? Wer streitet sich diesmal?

– Niemand. Komm und sieh selbst.

Ich trat ans Fenster.

Es war Mitchell. Allein. Er rauchte.

Ich erstarrte. Ging hinaus, hielt den Sicherheitsabstand.

– Was machen Sie hier, Herr Mitchell? Sie sind doch im Hotel?

Er zögerte. Wurde rot im Gesicht, senkte den Blick.

– Entschuldigung, Herr Takis … Das Zimmer war gut, das Essen auch. Aber die Minibar … war leer. Komplett leer. Und nachts … vorgestern … bin ich raus, wollte mir ein Bier holen. Nur eins. Ich fand keins, verirrte mich … ich konnte das Hotel nicht mehr finden. Ich wollte wirklich zurück, ehrlich. Aber ich konnte nicht. Da dachte ich, hierher kenne ich wenigstens den Weg. Also bin ich hergekommen. Können Sie … mir helfen, zurückzukommen?

Ich sah ihn an. Er war wie ein Kind, das sich auf einem Jahrmarkt verlaufen hatte. Jemand, der ohne seine Abhängigkeit, ohne seine Gewohnheit nicht funktionieren konnte.

– Ich muss die Polizei verständigen. Wir können Sie nicht selbst zurückbringen. Sie müssen warten, bis man Sie abholt.

– Ich hab unter einer Brücke geschlafen … hatte vier Dosen Bier … die haben mich gerettet …

Ich brachte ihn in den leeren Raum neben dem Pförtnerhaus. Rief an, nochmal, nochmal, bis ich die richtige Stelle erreichte. Das Hotel hatte nicht einmal gemerkt, dass er fehlte.

Bevor sie ihn zurückbrachten, ging ich in den Supermarkt. Kaufte fünfzehn Dosen Bier – es war eine Werbeaktion, dazu ein kostenloser Rucksack. Perfekt zum Transportieren. Ich gab sie dem Pförtner mit dem Hinweis:

– Bitte geben Sie sie ihm – ohne zu sagen, von wem.

Noch am selben Abend, um zehn, wurde er abgeholt.

Ich weiß nicht, ob er das Hotel noch einmal verlassen hat. Aber was zählte, war, dass er zurückkehrte. Zehn Tage später, wie ein Heimkehrer von einer langen Reise, trat Mitchell wieder über die Schwelle der Unterkunft. Mit einem Lächeln. Leichter.

Nicht nur er. Auch die anderen zwei kamen mit demselben Ausdruck zurück: als kehrten sie nach Hause zurück.

Und doch – dieses Gebäude mit den grauen Wänden, den strengen Tagesplänen, den Gemeinschaftsküchen und Betten, die nicht dir gehören, war für manche – Zuhause. Ich sah es in ihren Augen. Ich begriff es an jenem Tag – etwas, das ich nie hätte spüren können, wäre ich nicht selbst Teil dieser stillen Alltäglichkeit geworden.

Weihnachten rückte näher.

Am letzten Morgen vor den Feiertagen hatte ich meine Schicht beendet. Alle Kollegen waren bereits gegangen. Ich war der Letzte, der das Büro verließ – und da stand er, am Ende des Flurs: Mitchell.

Er trug nicht mehr die alte, abgewetzte braune Jacke. Er hatte eine neue – aus Stoff, dunkelgrau, und das Erstaunlichste: Sie passte. Sie saß perfekt. Er wirkte größer, aufrechter, mehr … Mann. Kein Kind mehr mit Angst in den Augen.

– Frohe Weihnachten, Herr Mitchell, sagte ich, als ich an ihm vorbeiging.

– Frohe Weihnachten, Herr Takis … und vielen, vielen Dank. Sie wissen schon wofür.

Er lächelte. Machte die bekannte Geste mit der Hand – das kleine – Prost. Ich antwortete nicht. Es brauchte kein Wort mehr. Seine stille, aufrichtige Anerkennung war genug. Ich hatte nichts Großes getan – nur eine menschliche Geste. Vielleicht war gerade das das Große.

Ich ging. Ich hatte das Gefühl, das authentischste Weihnachten meines Lebens erlebt zu haben – ohne Lichter, ohne Schmuck. Nur mit etwas Wärme, einem Schluck Bier und einem Blick, der leuchtete.

– Herr Takis! Herr Takis!

Seine Stimme hielt mich auf. Die Tür war fast hinter mir zugefallen. Ich kehrte um.

Er hatte den Kopf durch den Türspalt geschoben. Sein Gesicht strahlte.

– Ich wollte Ihnen nur sagen … Seit dem Tag mit den Dosen habe ich nichts mehr getrunken. Sechs Tage jetzt – keinen einzigen Schluck.

Ich sah ihn an. Lächelte.

– Bravo. Halten Sie dieses Lächeln fest. Lassen Sie es sich von niemandem nehmen. Es ist Ihr Weihnachtsgeschenk.

Die Tür schloss sich hinter ihm. Und hinter mir. Und zum ersten Mal verstand ich, was es heißt, jemandem ein Zuhause zu geben – einem, der nichts hatte. Nicht einmal einen Grund zu bleiben. Nur einen Takis. Ein Bier. Und einen Weg, den er mittlerweile auswendig kannte.

Die serbischen Schwestern

– Guten Morgen, Takis. Komm bitte zum Eingang. Da ist eine Dame. Ihre Bescheinigung ist in Ordnung, aber …

– Aber was? fragte ich den Pförtner, der mich kurz nach acht Uhr morgens anrief. Eine ungewöhnliche Uhrzeit für Neuaufnahmen. Ein Morgen wie ein Flüstern – als kündigte er etwas Unvorhersehbares an.

– Sie sagt, sie hat zwei Bescheinigungen. Eine für sich selbst, eine für ihre Schwester. Für dasselbe Zimmer. Sie ist allein mit einem jungen Mann. Ihr Sohn, sagt sie, habe sie begleitet.

– Du brauchst nichts weiter zu tun. Ich komme.

Am anderen Ende hörte ich einen leisen Seufzer der Erleichterung. Der Pförtner wollte helfen, doch manche Fälle waren kompliziert – und die Entscheidungen, auch wenn sie aus menschlichem Bedürfnis erwuchsen, landeten am Ende auf meinen Schultern. Und das wusste er.

Am Eingang erwartete mich eine Frau. Sie begrüßte mich leise und reichte mir zwei Dokumente. Ihr Gesicht trug jenes Lächeln, das keine Freude ausdrückt, sondern Schmerz und Erschöpfung. Ich erwiderte ihren Gruß und nahm die Bescheinigungen entgegen.

– Die Unterlagen scheinen in Ordnung. Aber wo ist die zweite Person?

– Meine Schwester ist im Krankenhaus, sagte sie – und eine Träne löste sich lautlos von ihrer Wange.

– Sie muss anwesend sein. Sie muss ebenfalls unterschreiben. Das ist Vorschrift.

– Dürfen wir uns kurz setzen? Ich bin sehr schwach … Ich werde es Ihnen erklären.

Ich sah den jungen Mann an, der diskret neben ihr stand.

– Mein Sohn, sagte sie. Er hat mich direkt vom Krankenhaus hierhergefahren. Ich muss gleich wieder zurück.

– Aber Sie sagten doch, Ihre Schwester würde kommen, sagte ich fast instinktiv – um Zeit zu gewinnen, um den Moment zu begreifen.

– Lassen Sie mich bitte erklären.

– Einverstanden. Aber Ihr Sohn muss draußen warten. Die Pandemie-Beschränkungen sind streng.

– Kein Problem, sagten Mutter und Sohn zugleich.

Ich führte sie in den Sitzungssaal. Sie bewegte sich langsam, mit Schritten, die sowohl körperliche Erschöpfung als auch eine ungewöhnliche Würde verrieten. Als sie sich setzte, bat sie um Wasser. Ich ging, um es zu holen. Als ich zurückkam, hatte ich Gelegenheit, sie zu beobachten: Trotz ihres Alters – sie musste über siebzig sein – war da etwas Aristokratisches in ihrer Haltung, etwas Unerschütterliches in ihrer Schönheit. Eine Frau, vom Leben gebeugt, aber nicht gebrochen.

– Sie sind kein Deutscher, nicht wahr? fragte sie, nachdem sie den ersten Schluck getrunken hatte.

– Nein. Grieche.

– Also orthodox?

– Ja, antwortete ich knapp. Es war nicht der Moment für persönliche Details.

– Ich bin Serbin. Orthodox. Jetzt weiß ich, dass es Gottes Wille war, dass ich heute hierherkam.

– Gut, ich höre Ihnen zu.

98

– Hör zu, mein Kind ... darf ich dich so nennen? Du bist in dem Alter meines Sohnes.

Ich reagierte nicht. Ich ermutigte sie nicht, aber ich wies es auch nicht zurück. Ich ließ den Fluss der Worte einfach weiterziehen.

– Ich habe eine Wohnung. Klein. Aber für mich reicht sie. Meine Schwester aber hat niemanden. Sie hat nie geheiratet. Keine Kinder. Also kam sie zu mir.

Ihre Stimme klang ruhig, als erzählte sie eine alte, vertraute Geschichte. Doch ich wusste: Irgendwo darin war der Riss – der Punkt, an dem die Erzählung zu beben beginnen würde. Ich ließ sie weitersprechen.

– Die Wohnung ist zu klein. Nicht einmal eine Matratze passt auf den Boden. Wir teilten uns dasselbe Bett. Es war unbequem, aber wir hielten es aus. Mein Sohn und seine Familie können sie nicht bei sich aufnehmen. Wir gingen zum Wohnungsamt. Ihr stand nichts zu. Sie hatte nicht lange genug in Deutschland gearbeitet. Ich aber – ich hatte gearbeitet. Und so bekamen wir ... diese Bescheinigungen.

Ich beugte mich über die Papiere. Mein Unverständnis wuchs. Wie kam es, dass auch ihre Schwester eine Bescheinigung erhalten hatte, wenn sie die Voraussetzungen nicht erfüllte?

– Der Abteilungsleiter dort gab uns einen Rat. Er sagte mir, ich solle den Vermieter meiner Wohnung um ein Schreiben bitten – dass er die Wohnung für den Eigenbedarf benötige. So bekamen wir beide die Bescheinigungen. Er – Herr Leis – ließ Ihnen auch Grüße ausrichten.

– Gut. Jetzt verstehe ich, wie Sie an die Bescheinigungen kamen. Aber das eigentliche Problem liegt woanders. Um das Zimmer zu bekommen, müssen Sie beide anwesend sein. Beide müssen unterschreiben.

– Sie werden sie bekommen. Die Unterschriften. Noch heute.

Ihr Gesicht hellte sich auf. Ihre Augen füllten sich mit Hoffnung, wie Licht, das durch einen Spalt fällt und plötzlich den ganzen Raum erhellt.

– Aber wie denn? Ihre Schwester ist doch nicht hier.

– Aber ich werde zu ihr gehen. Ich bringe ihr die Unterlagen, sie wird unterschreiben, und ich bringe sie zurück – bevor Sie Feierabend haben.

– Wenn sie jedoch länger als drei Tage im Krankenhaus bleibt, brauche ich eine ärztliche Bescheinigung. Wir können nicht gleichzeitig das Zimmer hier und die stationäre Behandlung dort abrechnen. Wenn es bis zu drei Wochen sind, ist es gedeckt. Aber mehr geht nicht.

Sie senkte den Blick. Schloss die Augen für ein paar Sekunden. Ein Moment der Stille – wie ein stilles Gebet.

– Auch diese Bescheinigung werde ich dir bringen, mein Kind.

Sie hob den Blick. Und dann sagte sie etwas, das ich nicht erwartet hatte:

– Hoffentlich ist sie bis dahin noch bei uns …

Ich war sprachlos.

Was hatte sie da gerade gesagt?

Wir würden eine Frau aufnehmen, von der die Ärzte sagten, sie könne die nächsten Wochen nicht überleben?

– Meine Schwester hat Krebs. Fortgeschritten. Die Ärzte können nichts mehr tun. Nur noch Schmerzmittel. Wir warten … auf den Ruf des Herrn.

Die Tränen flossen still. Doch ihre Stimme war mechanisch, fast kühl. Als hätte ihre Seele längst jede Abwehr aufgegeben. Oder vielleicht – als

100

hätte sie all ihre Kraft aufgeboten, um Körper und Geist vor dem Zusammenbruch zu bewahren.

Und dann, in dem Moment, als ihr Blick noch irgendwo in die Ferne irrte, wandte sie sich plötzlich zu mir. Nicht nur ihr Gesicht – ihr ganzer Körper drehte sich mit einer Entschlossenheit, die den Stuhl unter ihr ruckartig über den Boden schob. Das Geräusch erschütterte mich. Doch sie schien es gar nicht zu hören. Ihre Augen hatten sich in meine gebohrt.

Und ich? Ich blieb wie versteinert. Sprachlos. Was sollte ich tun?

Gab es ein einziges Argument, das mich hätte rechtfertigen können, wenn ich jetzt – Nein gesagt hätte?

Wohin sollte diese Frau nach dem Krankenhaus, wenn sie bereits aus ihrer Wohnung geworfen worden waren? Und ihre Schwester – die sie aufgenommen, sich umgestellt, ihr eigenes Leben verlassen hatte, um an ihrer Seite zu stehen – was sollte aus ihr werden? Jetzt, mitten im Winter, mit dem Schnee, der schon im Februar über die Straßen kam?

Es war ein Weg ohne Ausweichmöglichkeit. Es gab keinen anderen Pfad, als den Vorschriften ein klein wenig zu trotzen – zugunsten der menschlichen Würde.

Und wenn es illegal war? Wenn man es mir vorwerfen würde?

Was wollte man mir sagen? Dass ich einem sterbenden Menschen ein warmes Bett und seiner Schwester etwas Licht in der Dunkelheit geschenkt hatte? War es nicht genau dafür, dass diese Einrichtung überhaupt existierte?

Ich holte tief Luft und fragte sie ruhig:

– Können Sie mir die Unterschriften bis drei Uhr bringen?

Sie fuhr hoch wie ein Kind, dem man gerade das schönste Geschenk versprochen hatte. Ihre Augen strahlten.

– Ob ich kann? fragte sie, die Hände zum Zeichen des Staunens geöffnet. Ich kann! Ich verspreche es!

Bevor ich antworten konnte, umarmte sie mich. Fest. Mit Kraft. Ihre ganze Existenz drückte sich in dieser Umarmung aus.

Etwas in mir löste sich. Die Schwere der Entscheidung verwandelte sich plötzlich in etwas Leichtes. Etwas Richtiges.

Vielleicht sogar etwas … Gottgefälliges.

Der Rest der Formalitäten war schnell erledigt.

Die Dame unterschrieb alle nötigen Papiere, nahm die Kopien für ihre Schwester entgegen und machte sich bereit, zurück ins Krankenhaus zu fahren.

– Sie bekommen alles vor drei Uhr, sagte sie mit einem entschlossenen, fast jugendlichen Tonfall.

– Das Krankenhaus liegt auf der anderen Seite der Stadt, gab ich zu bedenken. Das wird mehr als eine Stunde dauern.

– Ich habe vier Stunden vor mir. Ich werde es schaffen.

Sie ging mit einem Lächeln auf den Lippen. Und ich blieb zurück mit einer Sorge: Würde sie es rechtzeitig schaffen?

Würde ihre Schwester die Kraft haben zu unterschreiben?

Würde … das alles überhaupt noch irgendeinen Sinn ergeben?

Bis zum Mittag wuchs meine Unruhe. Doch kurz nach eins klopfte es an der Tür.

Sie war da. Sie war zurück. Mit den Unterschriften. Alles, wie versprochen.

– Jetzt stehe ich dir zur Verfügung, sagte sie. Sag mir, was ich wissen muss, und zeig mir das Zimmer. Mein Sohn hilft mir, ein paar Dinge aus dem Lager zu holen.

Ich erteilte ihnen – für eine Stunde – eine Sondergenehmigung, damit ihr Sohn mit hinaufgehen durfte. Normalerweise war das nicht erlaubt, doch in ihrem Alter und unter diesen Umständen war etwas Flexibilität geboten.

An diesem Abend ging ich ruhig nach Hause. Die Unterlagen waren vollständig, alles in Ordnung.

Ich wusste nicht, dass ich gerade eine Geschichte erlebt hatte, die mich noch lange begleiten würde.

Zwei Tage später kam eine Nachricht vom Empfang: Zwei Damen wollten mich sprechen.

Ich ging fast automatisch – erwartete eine neue Ankunft, vielleicht mit einer Begleitung.

Doch dort standen sie: die zwei serbischen Schwestern.

Aufrecht. Würdevoll.

Elegant auf jene stille Weise, die Menschen eigen ist, die niemandem mehr etwas beweisen müssen.

– Ich wollte dir meine Schwester vorstellen, sagte die Ältere. Sie möchte mit dir sprechen.

Ich führte sie in den kleinen Besprechungsraum. Holte zwei Gläser Wasser – ein kleiner Bruch der Pandemie-Regeln, ich weiß.

Eine einfache Geste der Höflichkeit war zur Ordnungswidrigkeit geworden. Und doch – diese kleine Geste war nötig.

Die kranke Schwester war schmal wie ein schattiger Nebel. In ihren Augen lag eine stille Trauer.

Als wüsste sie alles – und würde doch kein Wort des Klagegesangs anstimmen.

– Meine Schwester hat mir alles erzählt. Und ich verspürte den Wunsch, dich kennenzulernen. Mich zu bedanken. Und dir meinen Segen zu geben.

Ich sah sie an. Ich wusste nicht, was ich sagen sollte.

Ein – Gute Besserung wäre beinahe ironisch gewesen.

Denn ich hatte eine Frau vor mir, die nie mehr gesund werden würde.

– Es freut mich sehr, Sie kennenzulernen. Und dass Sie die Kraft fanden, das Krankenhaus zu verlassen, brachte ich schließlich hervor.

– Mein Junge … Gott hat es mir nicht vergönnt, Kinder zu haben. Ich danke dir für das, was du getan hast. Du verstehst.

Ich konnte nicht antworten. Ich nickte nur. Sie gingen leise.

Die Gläser blieben unberührt auf dem Tisch. Keine einzige Berührung.

Sie hatten meine Gedanken gelesen – oder sie brauchten einfach kein Wasser mehr. Nur Würde.

In den nächsten Tagen sah ich sie nur noch vereinzelt. Die kranke Schwester saß oft allein im Hof. Abseits der anderen. Auf dem kalten Beton, mitten im Winter, still rauchend. Als würde sie die Kälte nicht mehr betreffen, als sei sie längst innerlich erfroren.

Eines Tages ging ich zu ihr hinunter. Stellte mich neben sie.

– Es ist nicht gut, dass Sie so hier sitzen. Bei dieser Kälte … Es ist gefährlich.

– Meinst du, ich überlebe den Krebs, nur um an einer Grippe zu sterben? sagte sie mit einem bitteren Lächeln.

– So meinte ich das nicht. Ich meine … Sie sollten Ihre Gesundheit nicht herausfordern. Um Ihrer Schwester willen – wenn nicht um Ihrer selbst.

– Ich versuche es, mein Junge. Glaub mir. Aber mein Öl ist fast aufgebraucht. Nur der Docht … der Dummkopf versteht es nicht. Er flackert weiter. Raucht. Kämpft noch – ohne Licht. Ohne Sinn.

– Reden Sie nicht so. Das passt nicht zu Ihnen.

– Weißt du, wenn man Schmerzen hat … dann schlägt man um sich. Nicht aus Bosheit. Aus Schwäche. Und dann bereut man es. Und tut es doch wieder.

Wir gingen gemeinsam zurück zum Eingang. Langsam. Sehr langsam. Sie hielt sich kurz an meinem Arm fest – wollte aber keine Hilfe. Nur einen Mitgehenden.

– Die Leute fragen oft: – Warum ich? Aber das ist die falsche Frage, mein Junge. Die richtige lautet: – Warum nicht ich?

Ich sah sie an. Ihr Blick war ruhig. Weise.

– Ich bin allein. Ich habe keine Kinder. Niemanden, der mich braucht. Wenn ich gehe, ist der Verlust klein.

Meine Schwester wird trauern, ja – aber das Leben wird sie zurückholen. Doch wenn jemand geht, der gebraucht wird – das ist das Wichtige. Das ist die wahre Tragödie.

Ich fand keine Worte. Ich umarmte sie nur. Zärtlich – als würde ich einen Schatten umarmen. Sie sagte nichts. Wandte sich ab und ging in ihr Zimmer. Und dieses Zimmer – was für ein Wunder!

Mit den einfachsten Mitteln, unter Einhaltung aller Vorschriften der Einrichtung, hatten sie es verwandelt. Makellos sauber, ordentlich, mit einem feinen Duft erfüllt.

Auf den Metallspinden, den Heizkörpern, selbst auf den Lampen lagen handgehäkelte Spitzendeckchen. Die Betten sorgfältig überzogen mit gestrickten Decken. Es war, als hätte jemand ein winziges Märchenhaus gebaut. Und darin zwei Schwestern – die eine zerfallend, die andere schweigend.

Ein paar Tage später wurde die kranke Frau erneut ins Krankenhaus gebracht.

Ich forderte – wie es meine Pflicht war – eine ärztliche Bescheinigung. Sie war nötig, um die Abwesenheit zu rechtfertigen. Noch am selben Tag brachte die Schwester das Schreiben, ohne eine Bitte, ohne Klage.

– Da steht kein Zeitraum, sagte ich nachdenklich.

– Sie wissen es nicht, antwortete sie leise.

In meinem Kopf begannen Alarmglocken zu läuten: Wenn kein klares Zeitlimit angegeben war, konnte die Obdachlosenstelle die Finanzierung abbrechen. Und wenn das geschah, dann müsste auch die gesunde Schwester das Zimmer räumen. Und wer wusste schon, wo sie dann landen würde?

Ich rief bei der Stelle an.

Ich rechnete fest mit der Ablehnung. Mit einer gefühllosen, förmlichen Absage – wie so oft.

Aber am anderen Ende der Leitung erkannte mich eine Stimme:

– Herr Takis, ich weiß, wer Sie sind. Ich sende Ihnen eine Genehmigung für drei Wochen. Ich vertraue auf Ihr Urteil.

Ich war sprachlos. Ein menschliches – Ja zwischen so vielen bürokratischen – Neins.

Die Tage vergingen lautlos. Die eine Schwester in der Klinik – die andere, ein Schatten, stieg leise die Treppen hinauf und hinab, mit gesenktem Blick, als trüge sie ein unsichtbares Kreuz.

Sie sprach mit niemandem. Kam spät am Abend zurück, wenn alle längst in ihren Zimmern verschwunden waren. Ging früh, noch bevor ich mein Büro erreichte.

Irgendwann hinterließ sie beim Pförtner eine neue Bescheinigung: Die Schwester würde auf unbestimmte Zeit im Krankenhaus bleiben.

Ich leitete sie weiter an die Obdachlosenstelle – fast sicher, dass diesmal die erwartete Antwort kommen würde: Abbruch.

Ich bereitete das Personal und den Lagerraum vor. Doch die Antwort kam nicht. Es kam eine Ausnahme. Eine Verlängerung. Auf unbestimmte Zeit. Ich rief den zuständigen Sachbearbeiter an.

– Ich habe da gar nichts getan, sagte er.

Wäre es jemand anderes gewesen, hätte ich vielleicht Nein gesagt.

Aber Ihnen vertraue ich. Wenn Sie darum bitten, werden Sie Ihre Gründe haben. Das genügt mir.

Ich legte auf mit einem verlegenen – Danke und versuchte, das zu verarbeiten, was mich mehr bewegte, als ich erwartet hätte: die Anerkennung.

Ich rief an und bat die Dame, zu mir zu kommen, um ihr die Nachricht mitzuteilen. Sie dankte mir höflich – kein Wort zu viel. Sie konnte sich nicht freuen. Sie wusste selbst nicht mehr, was sie erwartete. Sie begriff nicht, was eine Kündigung bedeuten würde. Sie hatte ihre Welt bereits verloren – auch wenn sie noch lebte.

– Meine Schwester lässt Sie grüßen, sagte sie. Und… noch etwas. Das wollte sie Ihnen persönlich sagen.

Später fand sie mich auf dem Gang, begleitet von ihrem Sohn. Sie kam auf mich zu. Umarme mich fest. Mit jener Umarmung, die keine Erklärung braucht. Ich verstand.

– Erinnern Sie sich, was ich Ihnen am Telefon gesagt habe? Sie bat mich, Ihnen zu sagen, dass …, wenn sie einen Sohn gehabt hätte, sie sich gewünscht hätte, dass er so ist wie Sie. Und … vergessen Sie nie das – Warum nicht ich?

Ich blieb stumm. Drei Worte. Drei Worte, die das Gewicht eines ganzen Lebens trugen.

Am Sonntag flogen sie nach Serbien. Am Montag war die Beerdigung.

– Ich bleibe dort bis zur 40 Tages-Messe, sagte die Dame. Dann kehre ich noch einmal hierher zurück. Nur kurz. Um ein paar Dinge zu regeln.

Am Montag, als ich zur Arbeit zurückkam, war das Zimmer leer. Makellos sauber. Die Schlüssel lagen am Empfang.

Ich trat in das geräumte Zimmer ein. Das Licht fiel sanft auf den Boden. Ihr Duft hing noch in der Luft. Als wären sie noch da. Und da sah ich den kleinen Zettel. Am Rand des Tisches. Drei Worte, mit zitternder Hand geschrieben:

– zasto ne ja

Ich nahm ihn an mich. Zeigte ihn einem Bewohner, der Serbisch sprach.

– Was bedeutet das? fragte ich.

– Warum nicht ich, antwortete er. Aber… das klingt ein wenig seltsam. Es fehlt etwas. So ohne Kontext ergibt es nicht wirklich Sinn.

– Vielen Dank, sagte ich. Wenn es nichts Wichtiges ist, kann ich es ja wegwerfen …

Für mich ergab es natürlich Sinn.

Denn ich wusste.

Ich kannte die Frau, die das geschrieben hatte.

Ich wusste, was sie sagen wollte.

Und dort – zwischen kahlen Wänden und spärlichen Möbeln – fand ich ein Stück ihrer Seele.

Die Oma mit den Wellensittichen

– Guten Tag, wie kann ich Ihnen helfen? fragte ich die alte Dame, die an jenem Mittag wortlos vor mir stehen geblieben war. Ohne ein Wort zu sagen, reichte sie mir ein Blatt Papier und wich meinem Blick sorgfältig aus. Ich nahm es entgegen, überflog es, und da alles in Ordnung zu sein schien, bat ich sie höflich, mir in den Besprechungsraum zu folgen, wo wir die nötigen Formulare ausfüllen würden. Sie hob ihre zwei Plastiktüten vom Boden auf und folgte mir – schnell, aber sichtlich mühevoll.

In dem Moment trat der Leiter aus seinem Büro. Er wollte gerade das Gebäude verlassen, doch als er uns sah, änderte er seine Richtung und kam auf uns zu. Ohne jede Einleitung wandte er sich an die Frau und sagte:

– Bevor wir mit der Anmeldung beginnen, möchte ich Sie bitten, mir zu folgen. Alle Zimmer befinden sich in den oberen Stockwerken, und im Brandfall müssen Sie in der Lage sein, die Treppe allein hinunterzugehen – das Aufzugfahren ist in einem solchen Fall nicht gestattet. Ich bin der Leiter und muss mich persönlich davon überzeugen, dass Sie dazu in der Lage sind. Das ist Voraussetzung für eine Aufnahme.

Sofort stand sie von ihrem Stuhl auf und folgte ihm mit kleinen, aber entschlossenen Schritten ins Treppenhaus. Es war deutlich: Sie wollte beweisen, dass sie trotz ihres Alters fähig war – körperlich wie geistig. Ich folgte ihnen nicht. So direkt, wie der Leiter sprach, hätte ich nie sprechen können. Ich besaß nicht diese Art von Stärke.

Wenige Minuten später kehrten sie zurück. Die alte Dame setzte sich wieder auf ihren Stuhl, ohne den Blick eines Siegers oder einer Besiegten. Der Leiter hingegen verschwand mit einem verärgerten

Gesichtsausdruck – vielleicht enttäuscht darüber, dass ihm nun kein Vorwand mehr blieb, ihre Aufnahme abzulehnen.

– Dann machen wir weiter, sagte ich und begann, ihr die Regeln der Einrichtung zu erklären.

Äußerlich unbeteiligt hörte sie mir zu, ohne jede Reaktion. Doch plötzlich fuhr sie wie elektrisiert hoch. Ihre Augen sprühten Funken.

– Nein! Das akzeptiere ich nicht! Ohne meine Wellensittiche komme ich nicht!

Erst in diesem Moment begriff ich. Sie war bei der Hausordnung angelangt, die das Mitbringen von Tieren in der Einrichtung untersagte.

– Ich akzeptiere das nicht! Ich akzeptiere das nicht! rief sie erneut, nun deutlich lauter.

– Bitte, beruhigen Sie sich. Warum schreien Sie denn so?

– Man hat mich aus meiner Wohnung geworfen, aber in zehn, fünfzehn Tagen ziehe ich in meine neue ein. Sie wird gerade noch renoviert, und bis dahin… muss ich irgendwo bleiben! Aber ohne meine Wellensittiche – das geht nicht!

– Ich verstehe Sie, sagte ich ruhig. Doch selbst wenn es sich nur um eine so kurze Zeit handelt – die Regeln gelten dennoch. Tiere sind nicht erlaubt.

Sie sah mich zornig an, ohne ein weiteres Wort zu sagen. Dann riss sie ihre Tüten an sich und verließ das Gebäude – fast rennend.

Ich blieb einen Moment wie angewurzelt stehen. War die Regel unfair? Vielleicht. Doch es gab Gründe. Die Erfahrung zeigte, dass viele Bewohner Schwierigkeiten hatten, ihre Zimmer sauber zu halten – oft mussten wir einschreiten. Tiere würden das Problem nur verschärfen.

Und eine Ausnahme würde mit Sicherheit Nachahmer finden. Es war leicht, nur die eine Seite zu sehen – solange man die tägliche Realität einer solchen Einrichtung nicht selbst miterlebte.

Das Ereignis geriet in Vergessenheit... oder zumindest glaubte ich das. Denn zwanzig Minuten vor meinem Feierabend öffnete sich erneut die Tür. Sie war wieder da.

– In Ordnung. Ich akzeptiere es. Ich habe jemanden gefunden, der sich so lange um sie kümmert – bis ich in meine neue Wohnung kann.

In letzter Minute schaffte ich es, die Papiere fertigzustellen und die Meldung an die Stadt zu schicken. Wäre ich zu spät gewesen, wäre das Zimmer als frei registriert worden und an jemand anderen am nächsten Morgen gegangen.

Die Oma ging ihre Sachen holen, sagte sie. Als sie zurückkehrte, war meine Schicht bereits zu Ende. Am nächsten Morgen konnte ich nur noch feststellen, dass das Einzelzimmer nun bezogen war: ein Paar Hausschuhe stand ordentlich am Bett, und ein kleiner, ausgeblichener Strickcardigan hing lose über dem Kleidergriff. Nichts weiter.

Die folgenden Tage verliefen ruhig. Keine Beschwerden, keine Zwischenfälle. Kein Nachbar kam, wie sonst so oft, um sich über die neue Mitbewohnerin zu beklagen. Es war, als wäre die alte Frau auf lautlose Weise Teil des Hauses geworden – ohne Aufsehen, ohne Forderungen, ohne Stimme. Nur manchmal, spät am Nachmittag, wenn die Hauswarte auf ihren Kontrollgängen durch die Gänge schlichen, vernahmen sie leise, kaum verständliche Flüstergespräche. Sie klangen wie Gebete, vielleicht wie ein Wiegenlied – aber weder von einem Fernseher noch von einem Radio, wie man sie sonst in den Zimmern hören konnte.

Vier Tage später musste der Hausmeister das Zimmer betreten, um eine routinemäßige Reparatur vorzunehmen: ein kaputtes Scharnier am Fenster musste erneuert werden, das Ersatzteil wurde geliefert. Wie üblich klopfte er dreimal. Keine Antwort. Noch einmal – nichts. Er öffnete behutsam, schaltete das Licht an und warf einen warmen Schein in das halbdunkle Zimmer. Sein Blick fiel sofort auf den kleinen Tisch.

Dort lag, fast feierlich drapiert, ein schweres Tuch, das etwas bedeckte – etwas, das sich in Höhe und Umfang deutlich abzeichnete. Zögernd hob er eine Ecke an. Darunter kam ein Vogelkäfig zum Vorschein. Darin, eng aneinander gekuschelt, saßen zwei kleine Wellensittiche. Ihre Flügel waren leicht aufgeplustert, als hätten sie gerade aufgehört, miteinander zu flüstern.

Der Hausmeister verließ das Zimmer wortlos. Er ging direkt zum Leiter. Die Entscheidung fiel sofort: Sobald die Frau zurückkehrte, würde man sie über ihren Ausschluss aus der Einrichtung informieren. Der Leiter – konsequent bis zuletzt.

Doch als sie zurückkam, war es nicht ihr Gesichtsausdruck, der uns alle erstaunte – sondern ihre Standhaftigkeit, ihr Flehen, ihre stille Verzweiflung. Sie sprach, wie sie noch nie gesprochen hatte. Ohne Aufruhr, ohne Drama – nur mit jener stillen Gewissheit, dass sie ohne diese beiden kleinen Wesen nicht weiterleben könne. Sie seien der einzige Grund, warum sie morgens überhaupt noch aufstand.

Sie versprach, die Vögel noch am selben Tag von Freunden abholen zu lassen. Sie bat nur darum, bis zu ihrem Umzug bleiben zu dürfen.

Der Leiter zögerte – zum ersten Mal. Und schließlich, als wäre etwas in ihm weich geworden, gewährte er ihr eine zweite Chance.

– Nur bis dahin, sagte er schroff.

Von jenem Tag an verwandelte sich die Einrichtung in eine stille Bühne eines unsichtbaren Theaters. Die Pförtner begannen ihre inoffiziellen Nachforschungen. Wie hatte die Großmutter den Käfig hereingeschmuggelt? Durch welchen Eingang? Hatte sie ihn vielleicht schon am ersten Tag dabeigehabt – verborgen in einem Laken? Spekulationen über Spekulationen. Manche lachten darüber, andere wurden nachdenklich. Warum hatte es niemand gehört? Warum hatten die Vögel nicht gezwitschert, sich nicht selbst verraten, in dieser Stille des Hauses, wo jeder Flüsterton wie ein Echo nachhallte?

Die Antwort kam wenige Tage später, als die Großmutter die Wellensittiche erneut heimlich zurückbrachte. In derselben Nacht, als sie wieder erwischt wurde, wurden die Vögel in den Geräteschuppen im Hof gebracht – eine Hütte, in der der Hausmeister Werkzeuge und Maschinen aufbewahrte. Das Wetter war noch mild. Am nächsten Morgen fand man die alte Frau vor der Hütte sitzend, eingehüllt in ein altes Schultertuch, den Blick fest auf die Matalltür des Schuppens gerichtet. Sie hatte darum gebeten, draußen bleiben zu dürfen. Sie wollte die Wellensittiche nicht allein lassen.

So vergingen die letzten vier Tage ihres Aufenthalts in der Einrichtung. Allein im Hof, mit einem Stuhl aus der Personalhütte, einer Wasserflasche und ihrem Schultertuch. Nicht aus Notwendigkeit, sondern aus Treue. Diese zwei kleinen, farbenfrohen Vögel waren für sie mehr als Tiere. Vielleicht waren sie Erinnerungen. Vielleicht erinnerten sie die Oma an jemanden, den sie verloren hatte. Vielleicht eine Gestalt, die nie zurückkehren würde. Wir fragten nicht, sie teilte es nie mit uns.

Am vierten Tag nach der Umsiedlung des Käfigs verließ sie das Haus. Ohne Worte, ohne Abschied. Wir erfuhren nie, ob sie wirklich in die Wohnung zog, von der sie gesprochen hatte. Weder Unterlagen noch

Wellensittiche sahen wir wieder. In ihrem Zimmer fanden wir nur eine Plastiktüte mit zwei Unterhemden, ein Tuch mit Blutflecken und einen halb zerfledderten Zettel – ohne ein einziges Wort.

Was blieb, war die Erinnerung an eine Frau, die leise kam und ging – fast unsichtbar –, aber eine Sehnsucht in sich trug, stärker als jeder Paragraf. Eine Hingabe, die nicht in Vorschriften passte. Und die uns schließlich daran erinnerte, dass für manche Menschen zwei kleine Stimmen hinter Gitterstäben der einzige Weg sind, die Stille dieser Welt zu überleben.

Notiz des Autors

Keine dieser Geschichten wurde geschrieben, um Mitleid zu erwecken

Alles, was hier festgehalten wurde, wurde geschrieben, um bewahrt zu werden.

Um ausgesprochen zu werden, bevor es verschwindet.

Als ich begann, in Einrichtungen für obdachlose Menschen zu arbeiten, glaubte ich, ich würde etwas geben. Doch ich empfing.
Ich empfing Lektionen darüber, was Würde ohne Titel bedeutet,
was es heißt, ohne Anerkennung standzuhalten und zu überleben ohne jede Gewissheit.

Ich war Augenzeuge und Mitgehender.

Ich stand neben Schicksalen, schwerer, als ich tragen konnte.

Viele haben mich geprägt, andere mich beschwert – alle haben mich verändert.

Wenn ich aus alldem eines gelernt habe, dann dies:

Solange es unsichtbare Menschen gibt, ist keiner von uns vollkommen.